絆《きずな》は枯れてる茎を切断…。
「青《あお》枯《がれ》病《びょう》…」
ディメンションウェーブ 6
Aneko Yusagi
アネコユサギ
illustration 植田 亮

顔文字さんは
早速、畑候補の所に行って
畑の様子を確認。

「てりすは掘れそうな所を確認してくわねー」

しえりるが叫ぶ……。
同時に周囲に矢の雨というしかない
代物が降り注ぎ――。

ぐりぐりぐりぐり！
ウサウニーがブレイブペックルに向かって頭を擦《こす》り付けている。

「フィッシュー!」

ぐもも……と、泥から引き寄せて出すと……

そこから顔を出したのはヌシ肺魚
プロトプテルス・エチオピクスと名前が記されていた。

大きさが2.5メートルもあるヌシだった。

INTRO DUCTION

新たなプレイヤー達と共に

しぇりるの秘策で
第四のディメンションウェーブイベントを乗り越えた絆。
その晩、アップデートで追加されたユニークスキルを発見する。
次の戦いに備えを始める絆達だったが、
今度は奏をはじめ、らるく達も行方不明になってしまう。
何かイベントに巻き込まれたのだろう…と
のんきに釣りに勤しんでいた絆。
だが、ディメンションウェーブに参加する前に
やりこんでいたゲームが原因となり、
慣れ親しんだ硝子達と突然の別れを迎えてしまう。
その後、奏とらるく達の導きで
ある新たな開拓地に挑むプレイヤー達を紹介される絆。
弟子育成に農業、採掘、交換日記……
のんびり釣り三昧とはいかない!?

ディメンションウェーブ 6

ディメンションウェーブ　6

アネコユサギ

ヒーロー文庫

ディメンションウェーブ 6

Illustration 植田 亮

CONTENTS

イラスト／植田亮
装丁・本文デザイン／5GAS DESIGN STUDIO
校正／佐久間恵（東京出版サービスセンター）
DTP／松田修尚（主婦の友社）

プロローグ　アットホームなパーティー

アルトが行方不明になった。

どこかに買い出しとかに行っているのか、定期連絡をしてくるかと思ったのだが全くそんな様子もなく……ロミナが連絡をした際に異変に気付いたとの話だ。

ついにあの強欲な死の商人が正体を現した……わけではないらしい。

「ちょっと絆《きずな》くん、アルトくんへ連絡をお願いできないかい？　私が連絡したのだけど返事がおかしくてね」

「え？　とうとうアイツ、俺たちの資産でも掠《かす》め取って蒸発したのか？」

ぶっちゃけそういった事をしても何の不思議もない。

「もしくは株みたいな代物にでも手を出して大損したのか？」

あれだ。借金のカタに城と島主権限を売却しなきゃいけないみたいな事でも起こったらとんでもないぞ。

アルトを地獄の果てまで追いかけて制裁をしなくてはいけない。

今度は俺も処刑のダンスに混ざって踊るぞ。

何度もリスキル出来るような場所に呼び出してくれる。

「確かに彼なら十分にあり得る話なのは否定しない。色々と手広くやっていたし、絆くん達も見たかどうかは知らないけど動きの悪い者たちにくどいほどの説教をしていた」

いや、それは知らないな。

カニの加工業務には携わったけどあれは単純作業だしペックルにも任せていた。

「昨日も金庫に入っていたお金がかなり減っていておかしいとか、物資がごっそり減ったとか愚痴《ぐち》っていて犯人捜しをしていたよ。今日あたり、絆くん達にも聞こうとしていたんじゃないかと思う」

そもそもアルトが他に何をしていたのかよく知らないんだよな。

本人も把握しきれないほどの金と物資の流入があるという事なんだろうけど……大丈夫なのか？

「ただ……私は彼の蒸発前にチェックさせられたのでわかるが城の金庫は特に問題ない。倉庫の方は出入りが激しいので把握しきれていないがね」

つまり金の計算が合わないからおかしいとチェックしてからは減ってない、と。

確かにアイツの立場で犯罪的な蒸発をするとしたら持っていくだろう。

持っていってないって事は別の事情があると考えるのが自然だ。

「妙な請求者が来たりしてない？」

「ないね。あくまで彼とだけ連絡が取れない」

これは本格的に死の商人が本性を現したか？

「わかった。おーいアルトー」

仕方なくアルトへと個人チャットを飛ばす事にした。

『現在この者の電源が切れているか、電波の届かない所にいます』

えっと、なんかこのメッセージ、覚えがある。

とはいえ微妙に表現が違うような気もするんだ。

結構前だから細かい所は思い出せないな。

でもまあ、カルミラ島に閉じ込められた時、こんな感じだったはず。

しかし、『この者』って表現は初めてな気がするんだが……。

「どうしました？」

ロミナとチャットをしていると硝子《しょうこ》が近寄ってきた。

「ああ、ロミナがアルトの行方が知れなくてチャットを俺に送ってくれって言うから送ったらさ」

「え？」

硝子も俺に倣《なら》うようにアルトへと個人チャットを送ったところでメッセージが返ってきたようだ。

「カルミラ島に閉じ込められていた絆さんにチャットを送った時と同じようなメッセージですね」

「だよな」

「やっぱり絆くん達もそうか……」

アルトの奴、もしかしてカルミラ島と同じくどこかへ呼び出されたのか？

この波が今にも起こるって忙しい時期に。

いや、呼んだ事のある俺が愚痴《ぐち》る資格は無いんだけどさ。

「ブロックリスト入りだとどうなるんだ？」

「私はブロックをする側でされた事は無いので確認したわけではないが、『現在この相手にチャットを送る事はできません』と出るそうだ」

無難なブロック対象への返事だな。

だけど、俺が確認したアルトへのチャットは少し違う。

『電源が切れているか、電波の届かない所にいます』だもんな。

みんなを片《かた》っ端《ぱし》からブロックして逃げたにしては色々とおかしいか。

「彼の取引先から片っ端から連絡が来るんだけど誰も居場所がわかっていなくてね。私が代理で相手をしているところだよ」

商売人ってところでロミナも鍛冶師《かじし》だから少しは代理で出来るよな。

「ペックルカウンターはどうなってる?」

俺以外で個人所持設定をしていないギルド所属のペックルはペックルカウンターで指示が出せる。

個数が限られている代物で、アルトにとって大事なアイテムであったはずだ。

「アルトくんが持っていたのは城の倉庫に収められていたよ」

ペックルカウンターさえも手放してどこかに行った?

ますます不安になってくるぞ。

「一体どこに行った、というか呼び出されたのか……」

「状況整理するとどこかのイベントに巻き込まれたという事になりそうだね」

「困りましたね……」

「事業に失敗したとかじゃないなら……ロミナ、しばらく頼む」

「ああ、彼ほどじゃないいし手広くする事はしないけど、代理でやっておくよ」

というわけでアルトと連絡を取る事が出来なくなった。

それをみんなに伝える。

「アルト殿は顔が広いでござるからな。フレンド登録も多かったのでござろう」

「腕を買われて開拓地召喚されたとなるとアルトさん、引く手数多《あまた》だね」

まあなー……そういう意味では頼りになる商人様だな。

しかし次に会った時、アルトが俺と新しく呼んだ奴のどっちを利用するかで天秤にかけたりするのだろうか？

……アルトの事だからどっちも抱え込むか……強欲商人だし。

「こんな風にみんなも減っていったのよね？」

奏姉《かなで》さんが聞くとみんな頷《うなず》く。

「拙者《せっしゃ》、無視されて散々だったでござるよ」

「噂《うわさ》は聞いた事あるわよ。闇影《やみかげ》ちゃんの話をね。死神ってくどいくらい言ってる人がいたわね。らるくも嘆いてたわ」

いたなー……硝子の元仲間たち。あれから俺たちの周辺じゃ見なくなったからどうなったか知らない。

てりすはらるくと一緒に闇影の保護をしてくれていたんだよな。

「嘆かわしい方々です」

「まあ……どこかで反省してくれる事を祈るばかりよね」

「何はともあれしばらくアルトはいないって事ね。とりあえず……俺たちが出来るのは波を乗り越えられるようにするだけだな」

割と好きな事をずっとやっていたような気がするけど、準備は大分進んだ。

今までの狩場の魔物を倒してエネルギーの上限突破を済ませているし、当面はやらなくて良いだろう。

むしろ波が来なければミカカゲのクエストに集中してたよな。

「明日か明後日《あさって》には波が始まるわ。アルトがいないけど、やっていくわよみんな！」

姉さんの掛け声に俺たちは答える。

「おー！」

「あ、てりすはらるくから連絡来てちょっと別パーティーで参加するわね」

「そうなの？」

「まあねーちょっとはらるくも仕事しないとリアルに戻った時に困りそうでしょ？　付き合いって大変よね。あーん……絆ちゃんの楽しいイベントみたーい」

「そんな楽しいイベントはポンポン無いから気兼ねなく行ってきてくれ」

「はーい。じゃあ絆ちゃん達。またてりすと遊びましょうね」

そんなわけでてりすを見送った。

†

「しぇりるー、いるかー？」

籠《こも》っているしぇりるの元へ行き、声を掛ける。

するとしぇりるは顔を上げてこちらに気付くと手を上げて作業を中断して近づいてきた。

「……おかえり」

「ただいま。ロミナから話は聞いたか？」

ロミナがしぇりるには話をしておいたと言っていたので尋ねる。

「……そう」

肯定とばかりにしぇりるはこくりと頷《うなず》く。

「リベンジ」

「やる気は十分あるようだな」

ここ最近、ずっと工房に籠《こも》って遅れがちだった技能習得に励んでいたみたいだけど、やる気があるようで何よりだ。

「作業の方はキリの良いところまで来たか？」

「そう……ちょっと準備してた」

波に備えた準備をしていたって事ね。

「それは何より。最近俺たちも連携スキルって代物に手を出したところだし、後でしぇりるは闇影と一緒にどんな攻撃が出来るか試してくれ」

「……そう」

若干《じゃっかん》乗り気じゃないって感じにも見えなくはないが……ともかく、しぇりるも準備万端みたいだな。

「みんなが話をしていたしぇりるちゃんね」

奏姉さんがしぇりるに近寄ってくる。

「私は絆の姉の奏よ。ちょっと前に厄介《やっかい》になったけどこれからよろしくね」

「そう……絆と紡《つむぎ》が話してた」

しぇりるは奏姉さんを見て答える。

「ちょっと絆、紡と一緒にどんな話をしてたわけ？」

「そんな大層な話はしてないぞ？　なあ？」

「……そう。よく知らない」

しぇりるも闇影ほどじゃないけど結構人見知りをする奴だからな……奏姉さんと打ち解けるのに少し時間が必要かもしれない。

「よろしく」

「ええ、よろしく。これからはみんなの台所事情は私が担当するから、魚料理以外も食卓に上るわよ」

姉さんめ、ここぞとばかりにアピールをしてくるな。

「しぇりるちゃんは何が好みの料理かしら？」

「……」

好物を尋ねる姉さんと沈黙するしぇりる。

少し時間が経《た》ったところで姉さんが俺を小突いて個人チャットを送ってくる。

「私何か変な事言った？　なんか反応が無いんだけど」

「しぇりるって少し会話のテンポが独特だからあんまり気にしない方が良い。嫌だったり不快だったりしたら露骨に顔には出るから問題は無いはず」

姉さんもしぇりる相手だと最初は戸惑うか。

「……和食をもっと知りたい」

「和食ね。わかったわ。魚料理以外も作っていくわよ」

好物は？　と聞かれて和食を知りたいと答えるしぇりる。

ちょっとズレてるけどあんまり気にしてもしょうがないな。

「よし、後はロミナから装備を貰《もら》うぞ」

「おー」

しぇりるがグッと拳《こぶし》を握って上げた。

やる気は十分って事らしい。

それから俺たちはディメンションウェーブイベントが発生するまでの間の詰めとしてミカカゲの方へと移動して連携スキルと陣形の調整をした。

「ミカカゲの最新到達地ってこんな感じなのね。ちょっと歯ごたえあるけど、効率狩場を見つける暇は無さそうね」

「奏さんが前に立ってくださるお陰で非常に戦いやすくなりましたね。私も攻撃しやすくなりました」

「お姉ちゃんがいると安定性が段違いだね」

姉さんが加入した事で前衛の布陣が固まったかな。

「闇影ちゃんへの負担がちょっと増してるわね。やっぱりヒーラーが必要よ」

回復を頼まれて闇影がちょくちょく姉さんを回復させていたので闇影の攻撃頻度が若干《じゃっかん》少なめだった。

ヒーラーかー……色々と考えていかなきゃいけないかね。

「あんまりガッツリと陣形が求められないゲームだから大丈夫だよお姉ちゃん。どっちかというと狩猟するゲーム感覚でもどうにかなるし」

「紡、安定性を考えなさいって言ってるの。波も近いしいきなりの方向転換は無理でしょうけど……私のフレンドで良さそうな子に頼むのも一考かしら?」

「うちのメンバー人見知り多いからなぁ」

闇影は元より、しぇりるも人見知りする方なので敢《あ》えて増やすのもな。らるくとてりすが顔は広いけど最近は忙しそうだ。

「みんな強いからちゃんとしたヒーラーがいたらもっと戦えるはずよ。それこそ何倍もね」

「姉さんの望む事はわかるけどさ」

あくまで俺たちはエンジョイでやってきたわけだからそこまで気にしないでも良いだろう。

「あー……あの子と一緒に狩りに出たら認識変わると思うんだけどな」

そんなにも凄《すご》い奴がいるのか。

「型の押しつけとかありそうだけど、大丈夫か？」

みんな好き勝手に遊んでいる連中ばかりで、紡と硝子は対応できるだろうけど、闇影たちは怪しいぞ？

「人格者だったから大丈夫よ。ただねー……連絡取れないから、無い物ねだりね。大分みんなの戦い方を把握したわ。波だとどんな動きを基本してるのかしらね？」

姉さんは最初に闇影の方を向いて尋ねる。

まあ、戦果が一番良いのは闇影だもんな。

「敵が多い所に向けてドレインでござる」

「みんな思い思いに攻撃して、何か仕掛けがあった際は絆さんが結果的に上手《うま》くやっていきますね」

「お兄ちゃんに期待だね。今回も何をしてくれるかみんな期待してると思うよ」

「そういえば魔王軍侵攻イベントで絆たちの噂《うわさ》を聞いたわね……」

姉さんの呟《つぶや》きに俺と闇影は視線を逸《そ》らす。

河童着ぐるみを着用し、罠《わな》を解除して回りながら攻撃をしまくった。

もはや過去の汚点となるネタ装備による偉業を戦場にいた人たちがふれ回ったのは間違いないだろう。

「硝子と紡が大活躍だったって話だな！」

「お兄ちゃん達の方が話題をさらっていたと思うよ。キャットファイトで有名じゃん」

「そんな話は忘れた。あの場所に河童なんていなかった。俺は何もしてない」

「……」

しぇりるが不満そうに眉を寄せている。惨敗した事が悔しいのだろう。

だからこそ今回の波でリベンジに燃えているみたいだしな。

そこはみんな気付いているみたいだし、話題を変える事にしよう。

「うちは凝り固まった考えに囚《とら》われず……あっ……イノベーションによって培われた新概念を、無理をしない範囲で、臨機応変にベストを尽くし、クリエイティブに富んだ結果を生み出すパーティーだから、一騎当千のデュエルは出来る猛者《もさ》たちに任せる！」

「どこの意識高い企業でござるか！」

「うちは自由な社風……アットホームなパーティーだから！　休日は社員全員でバーベキューだから！」

うん、途中から突っ込み待ちだった。

闇影のこういうしっかり突っ込んでくれる所、俺は好きだぜ。

何言ってんだコイツって顔を呆《あき》れと微笑に変えるには闇影のような突っ込みが必須なのだ。

「お兄ちゃん、ソレどういう意味か自分でわかってる？」

「いや？　全然？　適当にそれっぽい言葉を並べただけだが？」

「……絆は相変わらずね。大分感覚もわかったし、貰《もら》った装備品で私も十分強化できたと思うわよ」

というわけで連携の練習を終えて速攻で城に戻ると、依頼してあったブレイブペックル着ぐるみをロミナが作成していた。

姉さんが使い込んだ盾によってブレイブペックルを模《も》した着ぐるみが作られるとは……。

新しい盾をロミナに作ってもらった姉さんは手段を選ばずにブレイブペックル着ぐるみを着用して……ブレイブペックルの隣で胸を張る。

「どうよ、みんな」

「姉さん、ヤケクソになってるようにしか見えないよ？」

ブレイブペックルが二匹に増えた……というか親子のブレイブペックルみたいな感じだ。

「なんとでも言いなさい。この装備の防御力凄《すご》いわよ？　過剰したカニ装備を余裕で超えてるんだから、なんと倍以上よ！」

どこまで……とは思うけどブレイブペックルの性能から考えるとあり得る。

「ペックル着ぐるみ装備ってこれが最大？」

「まだ進化しそうな気配が一応するね。攻撃性能を強化させたラースペングー着ぐるみとかもあるかもしれないね」

あー……ラースペングーがあるもんな。

感覚で言えば確かにありそうな上位装備。

「絆が被《かぶ》っているサンタ帽子のバフと組み合わせてガッチガチよ。水属性の攻撃なら屁《へ》でもないわね」

「海でまだそこまで戦っていない魔物を相手に挑んでも良いかもしれないな」

「それでもいいわよ？　私が注意を引くからみんなで攻撃ってね」

そこまでの自信があるのか。

「ヒール」

姉さんが固有技のヒールを試しに使って感覚を確かめている。

「まあ、ヒーラーとしては心許《こころもと》ないけどこんなもんね……ブレイブペックルを参考にすると背中のアクセサリーもオプションであるのかしら？」

効果が高そうよね、と姉さんはロミナに無いのか尋ねている。

「ここまで真面目にしてくださらなくても良いと私は思いますよ……」

硝子が徹底している姉さんの態度にため息交じりに呟《つぶや》いたのに俺も激しく同意する。

「絆殿……拙者《せっしゃ》ここまで割り切る事が出来る奏殿を尊敬するでござるよ」

「闇影、金のために徹底的な節約生活をする姉さんだぞ？」

これくらい平気でやる。だってホームレス生活を平気で出来る人なんだから。

「極端な所は実に……絆さんとの繋《つな》がりを感じますね」

「ははは、セット効果のあるアクセサリーもあるよ。絆くんが持ってきたレシピにね」

リザードマンダークロードを倒した際に手に入った報酬のレシピね。

確かにブレイブペックルと因縁っぽいものがあるようだったけど。

「アクセサリー枠に存在するリザードマンドールだよ。隠し効果に着ぐるみの性能アップとのけぞり軽減効果がある」

「あら！　耐久面からすると良いわね！」

「そういえばあの隠しクエストをクリアした際に私と絆さんにそれぞれリザードマンダー

クロードの魂という媒介石に使う魂が手に入りましたね」

「あったね。媒介石にセットすると効果が出るやつ」

リザードマンダークロードの魂。エピック
アックスマスタリー4　闇耐性増加5　水耐性増加4
リザードマンの戦士　シールドサポート　エネルギー蓄積量増加
???……

っていうかなり優秀な戦闘媒介石系のエピックレアの付与魂だ。

俺の媒介石の性能が低い所為《せい》で性能が引き出しきれないらしく、効果はわかっても文字が暗いものや効果すらわからないものまである代物だった。

シールドサポートっていうのは何でもパーティーメンバーで盾を所持する者の防御力を少し上げる能力らしい。

つまり俺と硝子がいるだけで盾を持つ姉さんの防御力が上がる。

当然ブレイブペックルの能力も上昇するぞ。

「つまり今の私はガチガチよ！　サーバー1位のタンクと自称できるわ」

おー……頼もしい事で。

「姉さんの活躍に乞《こ》うご期待」

「任せなさい！」

なんて感じに俺たちはディメンションウェーブイベントへの備えを終えたのだった。

一話　おまけの姉妹

翌日。

俺たちはディメンションウェーブが発生するフィールドで待機している。

てりすはらるくの方で戦うと行ってしまったっけ。

たぶん、らるくはオルトクレイって人とパーティーを組んでるのかな？

「そろそろ始まりそうだよな」

「もうみんな慣れた感じでフィールド待機してるね」

「物資運搬組も手慣れてるよな。ロミナ、アルトがいないけどどうにかなりそうか？」

ロミナにチャットを飛ばして尋ねる。

「問題ないよ。ペックル達にも任せているからね。しぇりるくんがペックルカウンターを一つ使いたがっていたから渡してある」

「みんな強いのはわかってるけど、ちゃんと連携していくのよ？　今までは装備とかLvのごり押しで行けたけど今度は失敗だってあり得るんだからね」

奏姉さんの注意に俺たちは頷《うなず》く。

まあ……一番恐いのは俺と硝子と闇影だもんな。

スピリットは媒介石のシールドエネルギーを超過するダメージを受けるとどんどんエネルギーが減っていって、弱体化していく。

下手にエネルギーが無くなって死んだら取り戻すのに大幅に時間が掛かる。

少なくとも即座に戦線復帰は不可能、物資補充とかが関の山になる。

いくらやりがいのあるメインイベントとはいっても後先考えずに突撃して、後に響いたら目も当てられない。

強力な分、死んだら恐いのがスピリットだ。

連携技なんて概念もあるわけだし、敵の攻撃も苛烈《かれつ》になるのは想像に容易《たやす》い。

「今回も良い順位を狙うでござるよ」

「そうだな」

前回のディメンションウェーブでは1位を取れたけど今回も同様の結果になるなんて自惚《うぬぼ》れてはいけない。

なんだかんだ硝子や闇影みたいなプレイヤースキルは無いからな。

「闇影ちゃんはいつも良い成績を残すわよね。私も羨《うらや》ましいわ」

……ブレイブペックル着ぐるみを着用している奏姉さんが抜かしている。

周辺にいるプレイヤー達が奇異な目を向けてるぞ。

『親子ブレイブペックルだ』

『島主パーティー、一体どこで二匹目のブレイブペックル出したんだ？　というかでかい』

『ちげーって、アレ、ペックル着ぐるみの派生装備だ。強化のキー素材は何だろ？　使い込んだ盾が素材だってのはわかってるけど他は知らないんだよな』

『カッパッパ！』

ネタに走ったプレイヤーの一部に河童着ぐるみを着用している奴が混じっている。

一部販売した着ぐるみがプレイヤーを汚染し始めている。

これが標準になると非常にシュールな光景になるぞ。

ネトゲではよくある光景だけどさ。

ちなみに奏姉さんは、俺がロミナに渡したリザードマンの秘宝というレシピに内包されたリザードマンスパイクシールドという盾を装備してる。

もちろんブレイブペックルにも同様の盾を装備させてある。

「そ、そうでござるか」

闇影が物怖《ものお》じしてる。

人見知りする所は相変わらずなんだよな。

「波のランキングって耐えるとかも貢献度上がるの？」

「そりゃあ上がるわよ。今回はタンクとして1番は目指すわよ！」

頼もしいことで。

「よく闇影ちゃんは話題になっていたのよねー波の戦績で必ずトップ帯にいるアタッカーだもん。魔法使いはみんな一度は真似《まね》をしようとするのよね」

「このあたりは模倣《もほう》と研究をするのがゲーマーの性《さが》だよね」

「その割に闇影みたいなドレイン忍者って波での戦闘で見ない気がするけど、どうなの？」

奏姉さんは臨時パーティーとか色々とやっていたわけだから詳しそう。

「それがね。ドレインの威力が想像より低いし癖が強すぎて真似するより他の属性魔法を使った方が良いってなるのよね。闇影ちゃんはなんかダメでおかしいとか言われてるし」

まあ……闇影が使っている装備はドレイン特化のアクセサリーに始まり、他の装備も付与効果を山盛りにしてるもんな。

俺と硝子が不参加だった二度目の波だって、海で戦っていた差があって伸びは十分だったし、カルミラ島の波……三度目の時から能力値はおかしいわけで。

「他の追随を許さないドレイン忍者だな闇影」

「ふ……拙者《せっしゃ》に追いつけるでござるか？」

お前のドレインを全く羨《うらや》ましいとは思わないけどな。

「スピリットのプレイヤーが全体で言えば少ないのも理由かもしれないわ。ドレインの相性が良いって考察の進みが悪いのよ」

「その理屈だとお兄ちゃんと硝子さんも同様の事が出来る事になるね」

「俺と硝子は魔法使ってないからなー」

俺、硝子、闇影は各々《おのおの》戦闘スタイルがバラバラだ。

最近、硝子が釣りを一緒にしてくれるようになったけど、使う武器が違うのだから当然だろう。

「サブウェポンでドレインを覚えてみるのはどうなの？　普通に魔物を倒すよりエネルギーを稼げる事になるはずよね？」

奏姉さんが俺と硝子に提案してきた。

うーん……。

「ゲーム開始当初ならともかく、アップデートまでエネルギー上限が決まっていて、しかも上限が近い俺たちからするとなー」

今は条件を満たして上限突破させているが、ゲーム開始直後は上限が遠くてコツコツエネルギーを溜《た》めて運用してたもんだ。

硝子なんて溜めていたエネルギーをみんなのために壁となって攻撃に耐えて都市解放のボスを倒したのにパーティーから追放されたんだしな。

「あんまりスキルを覚えると時間消費のエネルギーがなー」

付け替えするとマナが相対的に減ってしまうから高頻度での付け替えや上げ下げは結果的にマイナスになる。

エネルギー生産関連も上げている状況なんだけど、それもまた上限がある。で、ドレインを俺が覚える場合、コスト面でかなり重い。

「そもそもカルミラ島で開拓中に俺や硝子が魔法を覚える案もあったけど、重いし習得条件もあって先送りにした問題なんだよな」

「アレもコレも覚えるには厳しいのが難点なんですよね」

「もうちょっと覚える幅が欲しいでござるな」

俺たちがそれぞれスピリット故の悩みを嘆いていると奏姉さんをはじめ紡、しぇりる……チャット中のロミナまでもが眉を寄せて見てくる。

「他種族からだと何でもこなしているように見えるのだけどね」

「そうよねーかなりサクサクとスキルを付け替えして型を切り替えてるように見えるわ」

「ねー」

「隣の芝生は青いだけですよ」

だよなー他の種族の方が羨《うらや》ましいってのはあるし。

マナ生産力を向上させてはいるけど、上位スキルともなると常時消費するエネルギー以外にマナも減るんだよな。

「そもそもそれを言ったら他の種族の人だって型を変えたりするもんだろ？」

俺たちだけに強制されても困る話だ。

「そりゃあ、色々とやって型を大幅に変えようっていう人はいるわね。そういう人はカルミラ島のインスタンスダンジョンで時間短縮図るわ」

ああ……熟練度の関係で型を変えるためにインスタンスダンジョンが使われるのね。

「ま、絆たちはみんな好き勝手で楽しむスタイルなんだし、あんまり型を押しつけて良い事は無いわよね。じゃなきゃアンタ達がみんなの憧れパーティーになるはずないもの」

「あ、あこがれでござるか？」

「そりゃあね。闇影ちゃんの真似《まね》をするのも当然でしょ。硝子ちゃんや紡は素の運動神経が凄《すご》いのもあるわね」

確かに……エンジョイが俺たちのモットーで遊んでいるけど硝子たちは揃《そろ》って腕は一流だもんな。

そもそも紡も奏姉さんもゲーマーとしての腕前は一流だ。

格闘ゲームの大会優勝商品でこのゲームの参加権を得たわけだし。

「……」

しぇりるが黙ってこちらを見つめている。

なんか恐いな。

「しぇりるちゃんも槍系《やりけい》を武器に使う人が名前を言うくらいには有名人よ。木工職人なのか槍使いなのか本業談義もよくされてたけど」

つまり、アイツはこうだ、いや、こうに違いない。スキル構成のメインはこっちでサブはこっちだ！　みたいな明確な答えがあるけど推測で白熱する議論をされる奴って事か。

「……そう。どっちだと思われてる？」

あ、しぇりるも気になるのね。

「槍って言う人が6割、船専門の木工職人ってのが3割」

「残りはなんでござる？」

「海賊って人と捕鯨《ほげい》船長って人がいたわ」

「……」

なんとなくしぇりるが照れて俯《うつむ》いているような気がする。

「実際はどうなのかしら？　絆わかる？」

「海女《あま》」

「……そう」

あ、この発音は間違いじゃないけど正解じゃないって感じだ。

「絆殿、しぇりる殿は探検家でござるよ。船造りも新大陸を目指してでござる」

闇影の言葉にしぇりるは頷《うなず》く。

そういやしぇりるは新大陸を目指して船造りしてたもんな。

漁師関連で海女《あま》と覚えてしまっていた。

「色々と私たちの噂《うわさ》があるのですね」

「ちなみに俺は？」

「萌《も》えるネカマ、絆ちゃんって」

「あー！　あー！　聞こえなーい！」

俺に萌えるとか、これも全て姉さんと紡の所為《せい》だろ！

「ま、絆の場合は釣りマスターとかよく言われてたわよ。当然の事ながらね」

「前回の波での事が印象的だからでござるな」

「ええ。地底湖におかしいくらい長期滞在する神経をしてるから釣りに誘われても行かないのが身のためだとも噂されて、私に聞いてきた人がいたわよ」

「ど、どう答えたわけ？」

硝子や闇影の目が冷たい気がする。

「そりゃあ、あの子はコレと決めたらとんでもない根気を持ってるからやるでしょって答えといたわよ？　ひと月は地底湖生活しても不思議じゃないわってね」

「あ、実際は半分ですね」

硝子、ここでホッとするように言ってるけど姉さんには逆効果だから！

「様子見で15日ってところでしょ。波が終わった後に地底湖で30日釣りしてなさいって言ったらするでしょ、アンタ」

「そ、そこまでやらないよ」

「嘘《うそ》おっしゃい！　あれだけのカニ籠《かご》を設置するアンタがしないはずないわ」

「よくわかってるでござる」

「さすがは姉君という事だね」

闇影とロミナ！　納得しないでくれ！

「お兄ちゃんはねーそのあたりわかりやすいよね」

「ま、釣りなんてアンタみたいな根気が無いと安易に出来る要素じゃないとは思ってるわよ」

「ゲームを始めた当初とは全然違う結果になってるのは間違いないよねー」

「そこそこ強くなったらお兄ちゃんを連れて底上げする手はずだったのに、お兄ちゃんが想像以上の速度で強くお金持ちになっちゃったもんね」

「ヌシニシンで私たちを爆笑させた時が懐かしいわね」

う……随分と前の事を未《いま》だに覚えてるのかよ。

「空き缶商法を閃《ひらめ》いたのがアンタって聞いたわよ。本当、上手《うま》くやったわよね」

「逆にお姉ちゃんを私たちが引き上げる事になっちゃったもんねー」

「うるさいわねー。アンタも絆の所に行くのが早すぎるわよ。もう少しゲーマーとしてのプライドが無いの？」

「勝ち馬に乗るのもゲーマーとして大事な事だよ、お姉ちゃん」

見栄を張らずに面白そうと俺たちに合流した紡と、姉としての見栄と信じた方法を突き進んだ奏姉さんの違いか。

「まったく……正直、このゲームは今までのゲームと違う所が多くて経験が役に立たないわよね」

「姉さんは型が決まってから頭角を現すタイプだから出遅れるのも当然かもね」

「効率主義なのよ、私は」

アルトも舌を巻いてたし、姉さんの得意な事はわかるけどさ。

「とはいっても、セオリーが役に立たないし、アップデート頼りに装備を妥協すれば良いってわかったからもう出遅れたりしないわよ。むしろ絆たちこそ、アップデートに合わせていかないと出遅れるわよ」

「俺はともかくみんなが環境に適応するって」

こう……俺はこうと決めた遊びをずっとするタイプな自覚はあるからなー。

「絆さんは私たちと一緒に遊びながらずっと釣りをしていますからね」

「そうでござるな。徹底してるのは間違いないでござるよ。これからもそのスタイルで良いと思うでござるよ」

「絆くんは変わらないでいた方が良いと私も思うよ」

と、みんなが俺のありのままを受け入れてくれる。

ありがたい状況だ。

ただ、硝子以外も釣りに付き合ってくれたら良いのになー。

「本当、奥が深くてセオリーの通じないゲームよね。定期的にアプデもあるし、セカンドライフプロジェクトとはよく言ったものよ」

「お兄ちゃんのファンクラブギルドがあるくらいだもんね。本当、面白いよねー」

「面白くない！」

俺のファンクラブとか訳のわからないギルドを作るのはどうかと思ってんだぞ。

釣りギルドだから黙認しているんだ。

「ファンがいるって大事よ絆」

「そういえばさお姉ちゃん、確かこのゲームに参加するってアイドルがいたよね」

「あ、聞いた事があるね」

ここでロミナが紡の話に同意した。

「アイドルに会うためにゲーム参加するんだ！　と参加権の競争倍率が跳ね上がったと聞

いたよ。私は運良く参加権を購入できたけど」

「そういったアイドルオタクでゲーマーな人がお兄ちゃんに萌《も》えを見いだしたのかもね」

嫌だな……アイツらの事情がそれだったら。

「実はアイドルが絆なんじゃないかって思ってる人いたりして」

「俺のリアルはアイドルじゃないぞ！　ちゃんと男だからな！　アイドルだけど男って言ってるわけじゃないぞー！　それでも本当はアイドルなんだろ？　って言ってきたら下ネタを連呼してやるからな！」

思いっきり下ネタを言ってやるぞ！　コラァ！

『絆ちゃんがフィールド内でリアルアイドルじゃない宣言してるでござる』

『ぶひひ、わかっているでござる。それでも我らは応援してるでござる』

『絆ちゃんの下ネタ連呼、ご褒美でござる』

『是非言ってほしいでござる。ピー音で興奮できるでござるよ』

『二次元を作っているのはおっさん……コレ、常識』

『美少女は二次元。つまりおっさんは美少女』

『ネカマ最高でござる。おまけの姉妹は良い仕事をしたでござる』

『絆の嬢ちゃん達、相変わらず話題を提供してるなー』

『らるくがいるぞー！　彼女持ちだから許されてるのを忘れるな！』

『てりすおばさんの美味《おい》しい宝石キャンディーが食べたい！』

『うお！　ファンの嫉妬がすげー！』

『誰がおばさんよ！　てりすそんな歳じゃないっつーの！』

気色悪い俺への萌えを見いだした連中がフィールドチャットで返してきやがった！

しかも尋常じゃない偏見が混じっている。

その中でらるくとてりすが会話に混ざってる。

嫉妬の声がヤバいな。

おばさん扱いって、てりすも災難だな。

「誰がおまけよ！　誰が！　私はコレでもリアルでは美少女姉妹って言われてるのよ！」

奏姉さんがここで噛《か》みついた。

まあ本当の話ではあるんだけど、ゲームの中でそんな事言われても信憑性《しんぴょうせい》皆無だよな。

『精錬貧乏のブレイブペックルが何か言ってるでござるよ』

『気にするな。アレはポンコツだ。絆ちゃんのおまけの姉妹で良い』

『そうでござるな』

「気にしなさいよコラァ！」

まったく……真正の連中は恐れを知らない。

姉さんが根に持って今後、ずっと俺が弄《いじ》られる事になるかもしれなくなったんだぞ。

「拙者《せっしゃ》……語尾を変えるべきでござるか?」

「あんまり気にするな」

アレと同類と思われたくないのかもしれないが、闇影は女キャラだし大丈夫だろう。

「話は戻るけどいくらゲームでアイドルが参加するからといって、本人の見分け付くのか? このゲーム、ボイスチェンジャーが完璧だから変えたらわからないだろ?」

「そうなのよねー探してる人って今でもいるのかしら?」

怒るのを切り上げて姉さんが答える。

『探してるでござるがわからないでござるよ。ぐふふ……絆ちゃんは癒やし』

『この中でリアルがアイドルの人! 誰か手を上げてあの歌を歌ってくださーい!』

『うほほー!』

フィールドチャットがノリノリになってきたな。

「こんな状況で名乗るアイドルがいたら凄《すご》いな……」

とりあえずパーティーチャットを開いてっと。

「で、リアルアイドルって俺たちの面子《メンツ》にいる? あ、姉さんと紡は一応本当にリアル美少女扱いではあるぞ」

少なくとも学校ではよく言われてた。

俺はその間の地味な長男って扱いだ。

姉や妹萌《も》えに目覚めなかった理由でもある。

アルトをして俺の姉や妹じゃね……って感じだ。

「私は違います。アイドルではないです」

「拙者も違うでござる」

「ノー……」

で、ロミナに尋ねる。

「生憎《あいにく》違うよ」

「これでアルトだったら冗談も良いところだよな」

「今いないから確かめられないが、アレでアイドルだったら私はそのアイドルがテレビに映っていたらスイッチを切る」

死の商人がアイドルではない事を祈るばかりか。

とはいえ、アイドル業界ってキナ臭い話が多いし、あれくらいギラギラしている方が向いているような気もするんだよな。

まあ少なくとも俺たちの中に隠れてゲームに参加したアイドルはいないようだ。

そもそもいたからなんだって話ではあるが。

「さ、波が始まったら無駄口叩《たた》いてる暇なんてなくなるわよ。みんな思い思いに戦うのがここのポリシーなんでしょうから、私が合わせて戦いやすくすれば良いだけよ」

と、奏姉さんがやる気を見せたと同時だっただろうか。
今までと同じく黒い次元の亀裂が鈍《にぶ》く発光し始め、イベント開始の合図をする。

二話　第四波ディメンションウェーブイベント

『お？　始まった始まったー！　おーい！　魔物が出てるぞー！』

フィールドチャットで報告の声が上がる。

『さーて、今回のディメンションウェーブは陸地での戦い。魔王軍侵攻イベントに参加した奴らも不満に思う所があっただろうから、今回はみんな本気で行こうぜ！』

って元気な声が木霊《こだま》する。

そういや……最初の波と三度目の波で指揮をしていた人のチャットが見えないな。

魔王軍侵攻イベントでもいなかった。

「今回の敵はどんなのが出てくるのやら」

出現する敵の姿を確認しようとばかりにフィールドで出現する魔物の姿を見る。

次元ノナーガ……下半身がヘビの人型魔物。

更に次元ノガルーダ……鳥人間みたいな魔物。

更に次元ノジン……ランプの魔人みたいな魔物が姿を現し、その背後に大型魔物として次元ノアイラーヴァタという三つ首のゾウみたいな魔物が現れた。

「なんか人型っぽい魔物が多いラインナップだな」

「だね。ゲームとかでたまに見る魔物だよね」

「そうだな」

「一応統一感があるラインナップね」

姉と妹と一緒に出てきた魔物たちのラインナップへの感想を述べる。

インド神話とかで見る魔物が大半だ。

「お手並み拝見ですね」

「今回も好成績を収めるでござるよー！」

「……いく！」

っとみんなやる気を見せている。

で、マップを確認っと。

	E	D	C	B	A
1					
2					
3					
4					
5					
6					

『報告ーAの2に黒い塔を発見ー大分慣れてきたなー』

『えーっと……今急いでマップの奥を確認中ーたぶん、Bの5か6辺りにそれっぽい影がある』

『Dの3辺りにもニョキニョキ生えてきてんなー』

と、戦場チャットで報告が上がってくる。

俺たちの所在地はEの5辺り。ちょっと山岳地帯っぽい場所で地名は……メシャス山脈地帯だったか。

若干勾配《じゃっかんこうばい》があるマップで崖上《がけうえ》に上がるのにちょっと回り道とか求められる厄介《やっかい》な場所だ。

ただ騎乗ペットに乗る事で機動性は確保できるので、ある程度問題は解決できるか。

『んじゃみんな！　やっていくぞコラァ！』

『おー！』『イー！』『イー！』『イー！』

『毎回いるけど戦闘員やめろ！　負けたいのかお前ら！』

相変わらず自由な戦場チャットをしてるな。

「じゃあ俺たちもやっていくとして、どうしたもんかな」

「まずは出てくる魔物がどの程度か、前衛の私と硝子ちゃん、紡で様子を見るわよ！　日的地は一番近いDの3ね」

奏姉さんがここで拳《こぶし》を振り上げて宣言する。

バラバラに行動するのは後回しって感じか。

ちなみに当然の事ながら俺はペックルを何匹も連れている。

船に乗っているわけじゃないのでペックル達の頭装備は個性豊かだ。

「わかりました。手始めに行きましょう」

「やってみよー！」

っと姉さんを先頭に硝子と紡が近くの魔物の群れ目掛けて突撃する。

「……私は別に準備する」

しぇりるはここで何やらやりたい事があるらしくガチャガチャと屈《かが》んで何かをし始めた。

「絆と闇影ちゃんも準備なさい」

「はいはい」

「やるでござるな。パーティーでの連携の見せどころでござる！」

俺は冷凍包丁を取り出してブラッドフラワーのチャージを行い、闇影は魔法の準備を始める。

「ほらほら！　ヘイトコール！」

ふわっとなんか竜巻みたいなエフェクトが奏姉さんの指さした魔物の群れを中心に発生する。

すると魔物たちがこちらに顔を向けて駆けだしてきた。

魔物を引き寄せるスキルなんだろうな。

「打ち合わせ通りに行くわよ！　シールドディフェンス！」

姉さんが盾を構えて掛け声を発すると姉さんに透明な盾のエフェクトが発生、次元ノナーガと次元ノガルーダが姉さんに向かって各々《おのおの》武器で斬りかかってくる。

ガツン！　て音と共に姉さんは魔物の攻撃を受け止めていた。

流れるように次元ノジンも炎の魔法を放ってきて姉さんに着弾する。

大丈夫か？　っと思ったけど姉さんはピンピンしているようだ。

「……全然ダメージ入らないわね。前の装備じゃそこそこ痛かったかもしれないけど」

今の姉さんの装備は防御特化のブレイブペックル着ぐるみ。見た目はシュールだけど性能はお墨付き。しかもリザードマンの人形が背中にある。

「ヒールを使うまでもないわ」

かなりタフになっているようで姉さんはかなり余裕があるっぽいな。

で、ぞろぞろと魔物が姉さん目掛けて群がってきた。

『うわ！　魔物の攻撃いてぇ！　過剰したカニ装備でこれだけダメージ受けるってタンク

はあんまり抱え込まない方が良いぞ！　しっかりとパリィしろよ』

『今回は攻撃力高めかぁ……』

『ちょ！　ブレイブペックルが大量に魔物を抱えて平然と耐えてる件、回復エフェクト見えねーぞ！　大丈夫なのかあれ？』

『島主パーティーだろ？　死の商人の話だと島主が被《かぶ》ってる頭装備で戦場にいるペックル達の能力アップ掛けてるって話で着ぐるみにも補正掛かるらしいぞ』

アルトが流した情報がここでも流れる事になるのね。

そりゃあカルミラ島でのディメンションウェーブの際にペックル達が活躍した理由を知りたいと思うか。

もちろん魔王軍侵攻イベントでもな。

俺がいたフィールドだとペックルの能力上がっていただろうし。

『じゃあ俺たちもペックル装備すれば良いのか』

『いいなー。割とガチで欲しくなってきた』

『アイドル絆ちゃんを護衛する親衛隊になりたいでござる。ブレイブペックルになりたい人生だったぺんぺん』

『そんな光栄な立場にいるうらやま……じゃない。不届き者は誰だぁ⁉』

『姉』

『姉らしいぞ』

『ああ、過剰マニアのホームレスか』

『カニバイキング常連の雌《めす》か、残念だな。しかもワニマニアとばかりに背中にぬいぐるみ装備』

「うるせー！　誰が雌だコラ！　残念いうな！　背中のこれはセット装備だ！」

姉さんがキレた⁉

『姉って言ってるけど本当は兄なんじゃね？』

『絆ちゃんの……お兄さん、だと⁉』

『男の娘《こ》キタコレ！』

『説明しよう！　男の娘《こ》とは女の子として登場した人物が実は男だったというハプニング展開の総称である。海外ではtrapというスラングで――』

『なんか始まった』

『長い。3行でよろしく』

『絆ちゃんの姉、兄説浮上。ブレイブペックルは男の娘《こ》。つまり――わっしょいわっしょい！』

『わっしょいわっしょい！』

『イー！　イー！　イー！』

『それはそれで萌《も》えるでござるが実際のところは？』

『実姉らしい』

『ちっ……！』

「言うに事かいて私を男だと思うってどういう事よ！　トラップ言うな！　それと舌打ちした奴！　ちょっと出てきなさいよ！　コラァ！」

と、姉さんが魔物の猛攻を耐えながら戦場チャットで抗議の声を上げている。

ガツガツと魔物どもに群がられているけど余裕だなー……防御力が高いからこそ出来る抗議か。

反撃効果のあるスパイクシールド装備なので魔物どもに均等にダメージが入る仕様だ。

しかし、さすがは大規模イベント。

チャットが凄《すご》い速度で展開されているな。

今は主に姉さんの兄疑惑で盛り上がってるけど。

わっしょいわっしょい。

「奏さん……凄いですね。私ではあの数を捌《さば》きながら戦うのは厳しいですのに……」

硝子は魔物の攻撃を弾いて耐える少人数耐久スタイルだからか、大量の魔物を抱える奏姉さんの防御特化構成は素直に感心してしまうようだ。

「っと、怒っていたら……ダメージ全然ないわ。硝子ちゃんに紡、一匹弱らせて！」

「わかりました！」

「いっくよー！」

と、硝子と紡が奏姉さんに猛攻を繰り返す次元ノナーガの背後から近づいて各々《おのおの》武器を振りかぶる。

「乱舞《らんぶ》一《いち》ノ型《かた》・連撃《れんげき》！」

「ウインドシックル！」

硝子が使う基礎スキルと紡の鎌の基礎スキルが放たれた。

「シャアア‼」

ザシュッとクリティカルなエフェクトが次元ノナーガに刻まれて大ダメージが入ったっぽい。

強さ的にはどんなもんなんだろうな。

姉さんからするとそこまでじゃないみたいだけど……というか結構魔物を抱え込み始めたぞ。

なんて感じで俺もチャージしていたわけだけど、完全チャージまではしなくても大丈夫か？

「絆！　闇影ちゃんも！」

「じゃあ闇影、行くぞ」

「わかってるでござる」

姉さんの指示に合わせて俺はノーマークのまま次元ノナーガに近づいて、闇影と呼吸を合わせる。

ポン……っと軽い音と共に闇影の魔法と俺のブラッドフラワーが連携スキルとして合体して発動する。

「ブラッディボムスプラッシュ！」

闇影が唱えたブラッディレインと俺のブラッドフラワーが連携スキルとして混ざり合い、俺の冷凍包丁の刃先に闇影の放った闇の魔法が宿って刀身が赤黒い光を宿しながら狙った次元ノナーガを切り刻んでトドメとなって絶命する。

「シャアアア⁉」

ズブシャ！　っと赤黒い派手なエフェクトと共に血飛沫《ちしぶき》が周囲の魔物たちに派手に降りかかる。

と、同時に周囲の魔物たちの体から煙が発生した。

「よーし、これで周囲の魔物たちに強めの防御力低下と継続ダメージのデバフが掛かったわ！　みんな一気に片付けなさい！」

本来はフィニッシュで仕留めると解体をしてしまうブラッドフラワーなのだけど、ブラッディレインと合体したお陰で対象の魔物にトドメを刺した際、魔物の死体が血の塊とな

って周囲に飛び散り、掛かった魔物に強力なデバフ効果を引き起こす攻撃となる。

「もちろん行きます！　輪《りん》舞《ぶ》零《ゼロ》ノ型《かた》・雪月花《せつげっか》！」

「死の舞踏！」

硝子と紡のスキルが発動し、奏姉さんに群がる魔物たちに命中して薙《な》ぎ払う。

わー……デバフ効果とかしっかりと意識すると一瞬で魔物どもが消し飛んでいくなー。

一瞬で魔物の群れが全滅だ。

「戦闘終了ね。本当、私固すぎて回復いらないわ」

波の前に模擬戦闘をしたけど安定性が段違いだなー。

「やっぱりみんな中々やるわね。攻撃能力は天下一品よ」

「光栄ですね」

「魔物の群れを一撃で散らすのは爽快だけど、ちょっと歯ごたえ薄くて面白味が無いよ、お姉ちゃん。もうちょっとビシバシ殴れる方が私は好みかなー」

紡の意見も納得は出来るか。

効率的に戦うのも大事だけど、歯ごたえが無さすぎるのも面白みに欠ける。

姉さんが耐えて俺と闇影で相手に強力なデバフを施し、硝子と紡で仕留める。

連携としては十分だとは思うのだけどな。

「まだ始まったばかりでしょ。とはいっても絆と闇影ちゃんの連携技の倍率がかなり高いのは事実ね。二人とも、その連携を維持できる？」

「出来なくはないけど……」

「拙者《せっしゃ》も暴れたいでござるよ」

俺は援護担当でも良いけど闇影はアタッカーとして存分にドレイン三昧《ざんまい》したいだろう。

「もっと手広く戦場をかく乱するのが好みかしら？」

ってなんかカッコつけてるけど姉さんは着ぐるみを着ているわけで何の迫力もない。

ぶっちゃけかなりシュールな光景だ。

「そうですね。波に備えてみんなで色々とやってきましたので後《おく》れを取る事はないと思います」

「そうよねー。私もこの装備でガッチガチだもの。割り切ってたけどここまでとはね」

「だね。男疑惑が浮上した姉さん」

「大丈夫だよ、お姉ちゃん！　私サバサバ系だからーとか澄ました顔をしてるのに実は陰湿な所が本物っぽいよ！　わっしょいわっしょい」

「絆！　アンタまで言う気⁉　紡はリアルでゲンコツね」

まあ弄《いじ》れる時に弄るのが我が家のスタイルだろうに。

それとお前もわっしょいするのかよ。

「むしろ絆！　アンタのファンって真正ばかりじゃないの！　ネカマ姫してきなさいよ」

「勘弁願いたいね！　俺に萌《も》えてどうすんだ！　野郎だっての！」

『萌えない姉と萌える弟の攻防』

『現実は非情である』

『金さえもらえればなんでもするという行動からくるイメージが彼女の悪い風聞をふりまくのです。わっしょいわっしょい』

『イー！　イーイー！』

「アンタらいい加減にしなさいよ！」

俺と奏姉さんが戦場で話し合っているだけで姉さんがこう……お金のためにいかがわしい商売をしていたというイメージが補強されていくんだが。

ネットって一度ついたイメージが延々と続くのが良い所でもあり、悪い所でもあるよな。

あと、最後の戦闘員は人間の言葉を使ってくれ。

『待てお前ら、冷静に考えるんだ。今回の魔物は人型に近い要素を持っていて群がっている。実に彼女らしい末路に思えないか？』

『なるほど、姫という事か！　モンスターサークルの姫ざまぁ』

『群がるのは魔物ばかりだな。同類になってしまってはいけない』

『この場合のモンスターとは、ペアレントと、本物のモンスターを絡めた――』

『解説オッ』

『3行でよろしく』

『つまり良い子のみんなと絆ちゃんファンクラブのみんなは真似《まね》をしちゃだめだぞ？　遠くでご本尊を眺めるのが大事』

『ネカマ疑惑のお兄さんと絡むよりも闇影ちゃんとか硝子ちゃんと絡んでる方が良いーだーかーらー！　俺に萌えるな！』

「……ちょっとみんな、私アイツらＭＰＫしてくるわ。好きにしてて頂戴《ちょうだい》」

あー……姉さんの堪忍袋の緒がブチギレてラースペングー化しちゃったか。

ドタドタと姉さんは魔物をかき集めながらどこかへ走って行ってしまった。

こういう大規模イベント内の悪ノリってイジメとの境界線が曖昧《あいまい》な事があるんだよな。

まあ雰囲気的にヘラヘラやっているし、マジでやっている奴はいない。

悪ふざけの範疇《はんちゅう》なので気にしたら負けだ。

むしろ美味《おい》しいネタを提供できたくらいに考えるのがイベントを楽しむ秘訣《ひけつ》と言える。

明日にはほとんどの人が「ああ、そんな事あったなぁ」としか考えていない。

とはいえ、大丈夫だろうか……とは思うけど姉さんは別にやられてもデスペナはそこまでないし大丈夫だろう。

「えーっと……奏さんを追いかけなくて大丈夫でしょうか？」

『待ってください、お兄さん！　これは誤解なんですよ！』

『ギャー！　親ブレイブペックルが魔物を引き連れてきやがった！　引かれるー！』

『お前ら早くお兄さんに謝れ！　な？　ぎゃあああ⁉』

『私を兄と言った者に制裁を！』

『嫌だ！　俺たちは間違った事を言ってない！』

『絆ちゃんとずっとお話をしていたのが羨《うらや》ましいから謝んない！　らるくは転がれ！』

『なんで俺に飛び火すんだよ！』

『らるく大変ねー』

『てりす、他人事にするんじゃねえよ』

『経験値持ってきてくれてありがとうございます！』

「……まあ、首謀者をMPKしてきたら戻ってくるんじゃない？」

「アハハハ！　お姉ちゃんも面白い役どころを得たねー！　闇ちゃんみたいだね」

「全く嬉《うれ》しくないでござるよ！」

緊張感のないまま波の戦いが進んでいくなー。

「とにかく、みんな思い思いに行くか。姉さんの勧める戦いもいずれは求められる大事な連携だって心に刻んでさ」

「そうですね。絆さんと闇影さんの連携スキルがとても強力でした。私たちも負けていられませんね。絆さんと戦闘でも連携したいものです」

硝子との連携で何か組み合わせられるスキルがあると面白いんだけどな。

やっぱり単純に魔法とか覚えるのが良いのか？

「連携するだけならルアーダブルニードルからの大技とかで良いとは思うのだけどな」

「もっとちゃんと連携してるってスキルが良いですよ」

うーん……あったらいい組み合わせってのはわかるんだけどな。

要検証ってところか。

「連携の話はともかく姉さんが俺たちから離れて行ってしまったのでペックル達に抜けた穴を塞《ふさ》いでもらいながら最寄りの塔まで行こう」

「ええ」

「拙者《せっしゃ》も畳みかけるでござるよ！　サークルドレインでござる」

っと周囲に湧き出す魔物相手に闇影が恒例のドレインを施していく。

バシィ！　っと良い感じにダメージは入るけど仕留めきるには足りないようだ。

超火力のドレイン攻撃でも削りきる事は出来ずにいるか。

「私もやるよー！　覚えたての新スキル！　ハァアアア！」

っと紡が掛け声を上げると、紡を囲うように何やらエネルギーの膜みたいなモノが精製され、手足にモサモサの毛が生える。

「いっくよー！　紅天大車輪《くてんだいしゃりん》！」

「シャアア！」

闇影がダメージを与えた次元ノナーガや次元ノガルーダに向けて紡がスキルを放って仕留めきる。

「どんどん行くよー」

「で、紡、そのスキルが亜人の獣化スキルなのか？」

「うん。まだ熟練度が足りなくて攻撃力アップ効果しかないみたいだけどね」

「熟練度が上がるともっと獣化していく感じなのかね？」

「どうなんだろ？　アバター作成時にはモーションに内包されてなかった所だからわかんないかなー」

あ、そうなのか。

なんか種族とか設定とかで色々と初期に仕込む事が出来るっぽい。

スピリットにはそんな要素は無かったはず。

「このスキルを発動させるには攻撃してゲージ貯《た》めないといけないから初手から使えないのが面倒な所だよねー」

自力でブーストするスキルを攻撃してゲージを貯めて発動か、面倒と見るか決め技と見るかは個人の自由か。

っと近づいてくる次元ノナーガを冷凍包丁で切っていたらオートスティールが作動して次元ノナーガの鱗《うろこ》をスティールしてしまった。

後でロミナに提出だな。

「でさ、このスキル……謎のチャージが可能なんだよね」

「連携スキルにもなるって所なんじゃないか？　組み合わせはわからないけど」

「かな？　闇ちゃん、後で検証しようよ。それとイベント中に使っている人いないか探さないとね」

こういった場は強い人や見慣れぬスキルを確認する場としては最適だ。

俺たちが他のプレイヤーに興味を持たれて見られるように、俺たちも戦っているプレイヤー達を観察できる。

我が道を行くけど、学べる所は多々存在するのだ。

姉さんが俺たちに色々と教えてくれたように。

『ネカマ姉さん。ゴチです！』

『耐えてくれてありしゃーす！』

『魔物の追加ありでーす！』

『お兄さん、これからファンになります！』

『アンタらいい加減にしなさいよー！』

……その姉さんは現在MPKの旅に出ているけど。

魔物の群れに向かって大技や魔法を放てるわけだから来るとわかっていたら腕に覚えがあったら美味《おい》しいカモだよな。

姉さんがあの連中をMPK出来る事を祈ろう。

「そ、そこの島主パーティー！　助けてー！」

するとそこに助けを求める声が聞こえてきた。

姉さんのMPK被害者かと思ったけれど、どうやら違うようで無数の次元ノガルーダと次元ノジンに襲われて半壊してしまったパーティーがこっちに助けを求めている。

「OK、急いで助けに行こう！」

俺は急いで釣竿《つりざお》に持ち替えてヘイト&ルアーでコツンコツンとルアーを飛ばしてターゲットをこっちに向けさせる。

「いくペン！」

「こいペーン！」

ここでペックルのクリスとブレイブペックルが上手《うま》いこと動きだし、クリスは水を纏《まと》って突撃、ブレイブペックルはリザードマン召喚で俺がターゲットを奪った魔物に向かって攻撃して弱らせた。

「ここは私が……絆さんとクリス達がやってくれたのですから新技をやりますよ。見てくださいね！」

と、硝子がなんか負けじと俺と同じく釣竿を取り出した。

いや……硝子の場合、扇子でスキルを放った方が良いんじゃない？　と思ったのだけど距離があったからこその攻撃だと判断して見守る。

ヘイト&ルアーを使うんだろう……そう俺は思っていた。

硝子のルアーは次元ノガルーダと次元ノジンをぐるぐると縛り上げるように近くを器用に飛び回り……首に巻き付けたかと思うと、硝子はキュッと釣竿を上げ、近くの岩場に糸を引っかけて釣り上げる。

「クリティカル・ワイヤー」

と、リールから伸びる糸をピン、っと弾くとバシュ！　っと次元ノガルーダ達の首元にクリティカルエフェクトが発生して絶命した。

人型故に……こう、必殺！　って感じでポロッと首が落ちて怖いぞ。

「おお！　硝子殿！　凄《すご》いでござる！」

「仕事人な感じだね！　私も首は狙って仕留めるけど、手際が良くて凄いね」

「どんどん行きます！　はぁ！　バインドロープ！　からの乱舞一ノ型・連撃！」

硝子は助けを求めるパーティーの近くを飛ぶ魔物をルアーではなく糸で縛り上げてから近くに寄せて、動けない相手に扇子で攻撃して仕留めた。

「絆さんほどではありませんが私だってこういった戦い方が出来ます！」

いやぁ……それって釣竿《つりざお》の戦い方じゃないだろうと思うんだけどルアーで魔物の口に引っかけたりして無理やり一本釣りをする俺が言えるかというと怪しい。

「えっと、ロープスキル？」

「そうなんですよね。釣竿を使っているのにロープの条件が満たされていくんですよ」

まあ……釣り糸を使って攻撃をしていたり抑え込んだりするわけだからロープ系の熟練度が含まれているのかもしれない。

釣竿って複合武器なカテゴリーなんだろうか？

ルアーをぶつけるだけが釣竿の使い方じゃないんだなぁ。

このパターンだと投擲《とうてき》系の熟練度も多少は上がっていたりするんだろうか。

「絆さんもやりませんか？」

「そ、そうだな」

首に釣り糸を巻き付けてからのポロリって俺に出来るだろうか？

普通に出来る自信がない。

硝子もいつの間にか成長しているんだな。

ちょっと前まで俺の真似《まね》をして釣り糸を垂らしていたのに。

「硝子」

「なんですか？」

「ルアーをぶつけたり引っかけたり釣り上げるとかもやってみない？」

「絆さんは当たり前のようにやってますけど中々難しいですね」

いや、糸でぐるぐる巻きにする方が難しいと思うんだけど。

口に引っかける方が簡単だと思う。

そう思って、俺は次元ノガルーダの口目掛けてルアーを引っかけて一本釣りで転ばせる。

「ドレインでござる！」

闇影が仕留めてくれたお陰で助けを求めてきたパーティーを襲う魔物を倒しきれた。

「ありがとう。助かった」

「どういたしまして」

「はい！　みんな！　行けるか！」

「ああ！　やろうぜ！」

「おー！」

と、助けたパーティーは手当を終えると、走って行ってしまった。

持ちつ持たれつ、イベントをクリアしようと協力していかないとな。

しかし……硝子の釣竿の使い方が俺とは色々と違って感心するなー。

そういえばカルミラ島で硝子はロープ技能を上げていたから、そこから別系統の釣竿《つりざお》の使い方を習得してしまったんだろう。

「よーし、塔に到着！」

なんて感じでやっていくと最寄りの黒い塔に到着した。

当然、他プレイヤーもバシバシと塔に向けて攻撃している。

「さっさとへし折ろう！」

「ええ！」

硝子の声にみんな頷《うなず》いて塔に向かって攻撃を始める。

俺は言うまでもなく動かない敵なので白鯨《はくげい》の太刀《たち》を取り出してブラッドフラワーのチャージを行う。

「イベントの塔はボスなのかはたまた別オブジェクトなのかはわからないけどこの武器で行くのが効率良いよな」

「そうですね。私たちも本気で行きますよ！」

「むしろ拙者《せっしゃ》たち、もっと散開しないといけないのではないでござるか？」

「まだ始まったばかりで手頃な塔にみんなで駆け寄っただけだろ。ここをぶっ壊したら他の塔も壊していけばいい」

「そうそう、戦線はお姉ちゃんがひっかき回してくれてるから今のうちにササッとやらなきゃね」

って形で俺たちも塔への攻撃をザクザクと行う。

すると塔の危機を察して魔物たちが群がってきた。

ブレイブペックルやクリス、ペックル達を盾にしているし、各々《おのおの》攻撃を避《よ》けたり耐えたりしているけど無視するのが面倒になってきた。

「ちょっと数が増えてきたな」

「範囲攻撃で散らすでござるよ」

「そうだな。闇影、あんまり乗り気じゃないだろうけど塔へのデバフも込めてやるぞ」

「こういう時は良いのでござるよ！」

と、闇影も何をするのかわかったのか魔法の詠唱《えいしょう》を始める。

「硝子と紡」

「ええ、行きますよ！　絆さん達が狙いやすいように」

硝子が釣竿の糸で近くにいる次元ノジンを縛り上げて拘束し、一本釣りのようなモーションで上に跳ね上げて叩《たた》きつける。

「グギイイイ――!?」

おー……地味に良いダメージ入ってるんじゃないか？

しかも拘束を振りほどけない強度まで完備。

糸の性能が高いからこその荒業か。

「私も出来る限り弱らせるよー！　はあ！」

ブン！　っと強化状態の紡が鎌を大きく振って周囲に群がる魔物たちにダメージを負わせて弱らせる。

俺は俺で……ブラッドフラワーのチャージをそこそこし終える。

「闇影、また行くぞ！」

「わかってるでござる！」

俺は硝子が抑え込んでいる次元ノジン目掛けてブラッドフラワーを解き放ち、闇影との連携スキルを発動させる。

「『ブラッディボムスプラッシュ！』」

本日二度目の闇影との連携スキル、血の花を咲かせて破裂させ、周囲に大量の防御低下のデバフを施すスキルを放った。

「おー！　島主パーティーが連携技で援護してくれてるぞ！」

「助かる！　これで塔にもデバフが掛かるだろ」

「さすがー！　親ブレイブペックルも戦場をかき乱して狙いやすくしてくれてるし、島主パーティー様だぜ！」

周囲のプレイヤー達の感謝の言葉をしり目に、俺と闇影の放ったブラッディボムスプラッシュの爆発を受けて紡が弱らせた次元ノ魔物たちも絶命する。

すると連鎖するように魔物たちが血の花を咲かせて爆裂した。

連鎖爆裂効果もあるんだよな。

上手《うま》いこと仕留めないと爆裂はそこまで続かないけどさ。

バシュバシュン！　っと音を立てて塔周辺の魔物たちが大幅に減り、塔に血が降りかかって煙が立ち込める。

「一気に削りきるぞ！」

「ええ、やりましょう！」

「もちろん、余力は十分だよ」

さーてここで恒例のエネルギーブレイドを取り出しましてっと。

試作型可変機能付きエネルギーブレイドⅣっとね。

「あ、久しぶりに見ますね。絆さん」

「波の報酬で徐々に強化されてきてるからな」

周囲を見ると……あ、知らない人だけどスピリットに同様の武器持ちがいて使っている。

やっぱここぞという時に使う武器だよな。

同様にエネルギーブレイドを使っているプレイヤーは剣形態で振り回しているようだ。

波の報酬での運が絡んでいるし選んだ武器の種類でも色々とあるよな。

割と強化されてる扱いのエネルギーブレイドなんじゃないかとは思う。

他にスピリット同士で強化パーツの共有とかして一か所に集めたら強化具合で負けそうだけどな。

ちょっと気になったので聞いてみるか。

「硝子、闇影。エネルギーブレイドってスピリットだとそこそこ出やすいんだよな？」

「そうらしいでござるな。拙者《せっしゃ》は運悪く出ないでござるが」

「私もですね」

本当に出やすいのか怪しくなってきたぞ。

「これって強化パーツを持ち寄って凄《すご》いの作ってる奴いそうだよな」

「確かにそうですね。私も出たら絆さんに渡しましょう」

「拙者もでござる」

いや、助かるけどさ。

「ですが、前にアルトさんやロミナさんに聞いた話ですと現在の上限はⅣだそうですよ」

「となると俺が持ってる段階が最大って事になるのか」

「ⅢとⅣは単純な武器攻撃力は同じだそうですね」

となると可変機能がメインで武器のマスタリーが重視される事になるか。

不幸な事に俺がメインにしている解体武器と釣竿《つりざお》には変化させる機能は無い。

剣あたりが解体武器とシナジーがあるような気がするけど効果は低めだろうなーそれなら援護射撃の手伝いで習得した弓のマスタリーの方が効果ありそう。

よし……倍率はわからないけど一気に削るならこれが良いよな。

俺はエネルギーブレイドの武器操作アイコンで弓を選択する。

するとブウン！　っと良い効果音と共にエネルギーブレイドの形状が変わって弓の形に変わる。

引き絞る際に振り込むエネルギーを割り振るようだ。

スキルも一緒に放てるようだな。

あれ？　なんか専用スキルが出現してる？　そう思ったらリザードマンダークロードの魂のアイコンが点滅してる。

エネルギーブラスト……リザードマンダークロードが使ってた技だ。

「よーし……喰《く》らえ！　エネルギーブラスト！」

引き絞ってパッと手を離すとドウ！　っと音を立てて弓となったエネルギーブレイドから極太ビームが放たれて塔に命中、轟音《ごうおん》を立てて大きなダメージエフェクトが入り続ける。

「おー！」

防御低下のデバフとエネルギーブレイドの一撃を受けて大ダメージだ！

っと思ったけれど塔はまだ健在だ。

前回、塔を壊した時よりも倍のエネルギーを振り込んだけど倒壊できなかったか。

「派手なビームでござるな。弓の形状からとんでもないのが出てるでござる」

「リザードマンダークロードの魂のシナジーでスキルが出てる。スピリット同士だしみんなで持ち替えて各々《おのおの》エネルギーを振り込んで攻撃すればいいだろ。次は硝子な。扇子にも出来るみたいだから使ってみてくれ」

俺は硝子にエネルギーブレイドを手渡す。

「確かにありますね。ちょっと変えてみます」

早速硝子は扇子へと形状を変える。

「えっと……たぶん、振るとエネルギー刃が飛んでいくタイプの扇子みたいです」

「へー」

なんかどこかで見たような武器になるのね。

むしろ普通に扇子が武器ってよく考えたらこのゲーム、変な武器が初期からあるよな。

釣竿《つりざお》が変化できる武器に無いのが惜しまれる。

「では私もやりましょう。あ、私もエネルギーブラストが放てますね」

硝子がエネルギーを振り込むとブン！　っと俺がやった時よりも大きくエネルギーがあ

ふれ出して更なる形状変化を起こす。
バブルな時代にダンスする場所で見るような扇を更に大きくさせた感じだ。
もはや巨大な団扇《うちわ》とでもいうのだろうか。
「では行きます。絆さんに倣《なら》ってスキルを使いますね。エネルギーブラスト！」
硝子が扇を大きく振り下ろすとエネルギーブラストが扇から放たれた。
周囲の敵を薙《な》ぎ払い、塔に命中！　やがて塔は音を立てて瓦解《がかい》した。
『D３の塔を破壊！』
『早いな！　こっちは全然削れてないってのに』
『島主パーティーがゴリゴリ削り落としてた』
『あー確かにアイツらならやっても不思議じゃねえか、どんな手を使ったかよろしく』
『絆ちゃんと硝子ちゃんが光る武器で極太ビーム、闇影ちゃんの攻撃見たかった』
『あーエネルギーブレイドだっけ？　そんなスキルがあったのか』
『前情報で負け組種族と言われていたのにこの体《てい》たらく』
『勝ち組羨《うらや》ましい。種族変更アプデ希望』
戦場内での雑談が始まっている。
『絆たち、やるわね！　そのまま次の所に向かいなさい』
お？　これは奏姉さんだな。

わかりやすいけど、今なにやってんだ？

『大きなブレイブペックルさーん。手のなる方へー』

『みんなの頼れる勇者ペックル様ー』

『範囲技で美味《おい》しく頂こうぜー！』

『ありしゃーす！』

まだ追いかけっこというか姉さんのヘイト集め戦法は行われているらしい。

他のプレイヤーの助けになってるわけだし、貢献度は高そうだな、姉さん。

「絆殿たち、大活躍でござるな。拙者《せっしゃ》もあの時、釣りを見ていれば参加できたのに残念でござる」

「リザードマンダークロードの魂が優秀すぎますね。ふふ、絆さんと同じスキルで大活躍です」

硝子のこういう所、可愛《かわい》いよね。

「んじゃ次は闇影って事でエネルギーブレイドは持っていてくれ」

「わかったでござる」

「お兄ちゃんお兄ちゃん」

「ん？」

「ＭＰＫのため、トレインしているお姉ちゃん、ここで要《かなめ》のお兄ちゃんが被《かぶ》ってる帽子を取ったら面白い事になるね！」

妹からのゲスい提案。

面白さを追求するためにそこまで閃《ひらめ》くか、妹よ。

そんな事をしたらこのフィールド内で補佐する他プレイヤー達のペックルまで大幅な弱体化が掛かるぞ。

姉さんも防御が下がって、集めた魔物に引かれるだろう。

「紡さん……」

「紡殿……」

「思っただけだよ！　やれなんて言ってないじゃん！」

「……ぶっちゃけて言うと俺の頭装備が固定なのはそろそろ勘弁してほしいんだけどな」

オルトクレイから貰《もら》った見た目変更でリボンになってるけど中身はサンタ帽子なわけで、他にも装備したいと思わないはずはない。

こう……釣り人なら被ってそうな帽子とかあるだろ？　キャップとか。

「島主故の悩みでござるな」

「効果範囲がフィールドって相当広いですよね」

まあなー……その所為《せい》で俺はサンタペックルこと、クリスが被っていた帽子以外の選択肢が無くなってしまっている。

何せ俺がこれを被《かぶ》っているだけで呼び出したペックルの性能が上がって下手なプレイヤーよりも便利なNPCに出来るわけだし。

ペックルマスターとはよく言ったもんだ……。

「とにかく気持ちを切り替えて次に行きましょうよ。今度は二手に分かれますか？」

「どんな組み合わせで行くんだ？」

「相性的には私と硝子さん、お兄ちゃんと闇ちゃんに分かれて行くのが良いよね」

紡の提案は割と無難な組み合わせか。

敵の攻撃を少数だけど弾く硝子と鎌による範囲技が豊富な紡のペアはそこそこ隙《すき》が無い。

回復手段は心細いけど硝子が魔物を倒せばそこそこ回復するし継続戦闘能力は高めだ。

何より硝子は釣竿《つりざお》を使った糸による拘束と攻撃も使えるようになったからより強力になった。

対して俺と闇影は……俺がその都度《つど》ペックルを呼び出してブレイブペックルを盾にしたり、ペックル達に攻撃させたり出来るので人員が足りないというのは起こらない。

で、我らが最大の火力担当にして回復もこなす闇影による攻撃という隙の無い編成。

しかも連携スキルで周囲の魔物に防御低下のデバフをばら撒《ま》ける。

俺自身の運動神経は三人に劣るけどそれはそれで良いのかもしれない。

「絆殿と紡殿の組み合わせはどうなのでござる？　血縁故に何か良い戦いとか出来そうでござるが」

「出来なくはないよーどうしようか？　ジャンケンで分かれる？」

グーとパーで分かれましょってやつか？

『A２の塔を折ったぞー』

『早いな』

『そりゃあいつまでも島主パーティーに良い所を取られてらんねえってのー』

『出遅れたけど負けられねーよな』

『って言いてえけどどらるくとてりすがいるから取れたようなもんだ』

なんて話をしている間に二本目の塔が折られてしまった。

思ったよりも折れるの早いな。最初の波で戦った時よりも格段に早くなってきている。

手慣れてきた影響もあるけどあっちでらるく達が健闘してるようだ。

「結構早いな」

「二度目の波の時もボスが出るまでそこそこ早かったでござるな」

「ボスがやっぱり時間掛かったよね」

「塔は結局前座か、何かギミックがあったりするし」

「でしょうね。では残った塔があると思われる場所に急いで向かいましょう。私たちには騎乗ペットがありますし」

そういやそうだったな。乗って現地にササッと移動して戦うのが無難か。

『みんな残りの塔を攻撃してくれー。それと罠《わな》には注意だぞ』

ちなみに俺たちは特に意識せずに進んでいるけど戦場には定期的に罠が設置されていてプレイヤーの行く手を阻《はば》もうとしている。

「わぁあああああ⁉」

「大丈夫か！　今回復させるぞ」

間違って踏んづけてどこからともなく落石が降り注いでダメージを受けているプレイヤーもいたりする。

念のために罠解除をしたり弓で射って罠を発動させて無力化させたりしてるんだけど、定期的に出るから面倒極まりない。

『ブレイブペックル、何迂回《うかい》してんだー？　こっち……カチ？』

『ぎゃあああああ！　虎ばさみー！』

『掛かった！　今、要望通り魔物を連れてくわよー！　私を侮辱《ぶじょく》した報いを受けなさい！』

『俺たちは間違った事を言ってないでござる！　絆ちゃんのお兄さん！』

『俺たちはこんな所でブレイブペックルには負けない！　心は常に紳士！　絆ちゃんのパ

ーティーにいる男が悪い。らるくはギルティぃいいいい』

『だから私は女だって言ってんでしょうがぁああああ！　く……しぶとい！』

『ごっちゃんです！』

『おめえら俺を恨みすぎだろ！　そんなに気になるなら絆の嬢ちゃんに声を掛けりゃ良いだろ！』

『紳士は遠目で絆ちゃんを愛《め》でるのが良いんだ！　俺は硝子ちゃんとペア派！』

『闇影ちゃん派が通りますよ！』

『あ！　ここ、絆ちゃんゼミでやったところだ！　罠なんて怖くない！』

姉さん達、楽しそうだなーそれとらるくは本当、恨まれてるなー。

あと、謎派閥の自己主張が激しい！

絆ちゃんゼミ言うな！

カニの加工業務委託で罠技能を上げたプレイヤーもチラホラ混じっているのか、戦場の罠解除をしている。

尚、そのカニ業務の主犯である死の商人は行方不明だ。

『残りの塔への攻撃、りょうかーい！』

他のプレイヤーも塔の破壊をするために移動を開始している。

そういえばしぇりるも好きに行動してもらっているけど大丈夫かな。

姉さんはともかく、最近壁があるようで不安だ。

なんて思いながら急いで戦場を騎乗ペットに乗って駆けるのだけど……なんか戦場にバリスタが結構設置されているような？

あんなのあったっけ？

しかもバリスタと繋《つな》がるように配線が地面に延びてる……なんだろ？

固有ギミックでも出現したのかな？

なんて疑問に思ったが移動優先で出てくる魔物たちを倒す。

ルアーを飛ばして攻撃ってのも慣れてきたなー。

「絆殿と硝子殿の釣竿《つりざお》の使い方が非常に面白いでござるな」

「硝子みたいな仕事人は俺には無理だけどなー」

糸の強度は硝子の方が上なんだよな。

動きを抑え込んでもう片方の手で持った武器で攻撃、弱ったところで切り刻むとか中々にエグいコンボだ。

敵の力が弱ければ一方的に攻撃できる。

「絆さんもやれば出来ると思いますけどね。紡さんみたいな攻撃も覚えたいです」

「スピリットの覚醒スキルみたいなものがわかればもっとバリエーションが作れそうなんだけどな」

高望みが過ぎるかね。

「アップデートに期待だね」

「闇影ってドレイン忍者だけど、使える魔法の種類が多いよな。スキル管理的に重くないわけ？」

ドレインに始まり、光魔法や回復魔法、雷《かみなり》魔法とか風魔法とか使える魔法の種類は非常に多い。

必要な時に付け替えをしているんだろうとは思っているけどそれもポンポンしたらマナの消費が多いだろうに。

「そこは困らない範囲でやっているでござるよ。拙者《せっしゃ》だって色々と学んでいるでござる」

出会った当初は馬鹿みたいなスキルLvで毎時マイナスだったくせにな。

「ちなみに絆殿たちと行動すると勝手に習得条件を大きく満たしている属性があって特化取得するか悩んでいるのはあるでござるよ」

硝子と同じく日々エンジョイしてるうちに習得条件を満たしてしまった魔法ね。

「生活でも技術が上がる魔法ってあるんだな」

「絆殿や硝子殿も前提のスキルを習得すれば絶対に出るはずでござる。むしろ絆殿向けの属性でござるよ」

「あ、私……少しわかったような気がしますね」

「何？　硝子も何か心当たりあるの？」

「ええ、実は私が使っている輪舞《りんぶ》零《ゼロ》ノ型《かた》・雪月花《せつげっか》って習得に扇子の技能以外があるようで水に該当するスキルとあるんですよね」

そうだったのか……水？

「水？」

「ええ、船上戦闘スキルや複数のスキルで条件を満たしているようで、出現した時に既に条件は満たしていたんです。直接のスキルはわかりませんけどね」

「じゃあ闇影が俺たちと一緒にいるだけで条件を満たせるのってのは？」

「水属性でござるよ。もちろんブラッディレインも使用する事で水属性魔法の熟練度が上がって習得しやすくなるでござる」

「闇ちゃん水魔法をサブで覚える感じ？」

「闇魔法が通じない時に使うか検討している段階でござる。この先、張り替えで行くのは火力が不安になるでござるからな」

ちなみに雷《かみなり》魔法は水と風を上げると習得できるという話だ。

スキルツリーがちょっと複雑そうだな。

「もちろん硝子殿が釣竿《つりざお》を武器に使っている所から考えて、このゲームの仕組み的に滑り止めに何か変わった技能は覚えておいても良さそうだと思うでござる」

戦闘だけが全てじゃない、ではなく戦闘でも使える日常生活スキルを何か覚えておくと今後有利に働くという発想か。

「じゃあ闇影も釣り仲間になるんだな」

ようこそ、釣りの世界へ……と、手招きしていると闇影が拒《こば》むように手を振る。

「拙者《せっしゃ》釣りは興味ないので断るでござるよ。ただ、ちょっと心当たりがあるので今後やってみようと思うものがあるのでござる」

「闇ちゃん何をする感じー？」

「楽器でござる。興味が湧いてきているでござる」

……闇影からすると意外な感じだな。

「楽器演奏できるのか？　闇影」

「技能は覚えてないでござるが、そこは硝子殿のような元々得意な要素でござるよ。ちょっと演奏には覚えがあるでござる」

「やはり闇影、お前はアイドルなのか？」

実はこのゲームにＩＮしているアイドルって奴。

「何の裏もなく拙者はアイドルじゃないでござる。ゲーム内アイドルは絆殿でござるように」

「おう。その喧嘩《けんか》、買うぞ」

誰がアイドルだ。俺のファンクラブがあるのが謎で仕方ないんだからな。

むしろ闇影の方が萌《も》えどころあるだろうに。

ジャパニメーション忍者だぞ？　しかも不幸属性持ちなんだぞ。

「拙者《せっしゃ》、習い事で楽器を嗜《たしな》んでいるのでゲームでも生かせると思うでござる。きっと上手《うま》く使えて、演奏……魔法詠唱《えいしょう》関連のシナジーを期待できると睨《にら》んでいるのでござる」

ああ、あくまでメインは魔法でサブは楽器演奏系のスキルを覚えてシナジーで魔力増加を狙っているのか。

理に適《かな》った発想だな。

しかも慣れた技能ならゲームアシストなしでも練習しやすい。

他のゲーム経験が生きるってのと同じ感じだろう。

というか……闇影、お前って楽器演奏できるのかリアルで。

俺の姉妹も両親が音楽教室に通わせようとしたけど姉さんは小学生の頃にそこそこ嗜んで、紡は興味ないと突っぱねたっけ。

で、紡が一時期やっていたのは運動系の習い事。

……思えば姉さんは卒ないけど紡って本当、やんちゃな奴だよな。

「もちろんメイン戦闘で使う武器種の目は光らせているでござる」

あくまでサブで楽器演奏とかそのあたりを活用してみようと模索するって形ね。

「紡殿は何か無いのでござるか？　奏殿が料理やサバイバルがサブだとするなら戦闘以外で何も無いでござるよ？」

「えー」

紡は飽きっぽくて格闘ゲームとかFPSとかばっかりやってるもんな。

何か生産的なスキルをまともに覚えるとは全く想像できん。

鎌とか戦闘系のスキルは迷いなく覚えるけどな。

加工業務で自然と上がった釣り、罠《わな》あたりで妥協するか？

「何か覚えないとダメなのー？」

「別にそうじゃないけど、戦いだけだと飽きるだろ？　RPGだって寄り道で出来る技能とかあるじゃないか」

「そうだけどー私生産系って全然やりたいの無いんだよねー」

完全に戦闘特化の紡に何か別の趣味っては土台無理な話か。

手伝いでカニ籠《かご》業務は出来ても何か別の趣味を覚えるとなると嫌って感じで。

「紡殿向けというとジャグリングとかどうでござるか？　他にダンスとか、体を動かして周囲を楽しませるのは良いかもしれないでござるよ？」

「ジャグリング？」

「簡単に言うなら曲芸でござるよ。魅《み》せ技に凝るのでござる。ほら、ヨーヨーとか凄《すご》く長く回して色々と芸をしているでござる」

なるほど、確かに飽きっぽい紡にはそういった芸は向いているかもしれない。

「えー練習とか面倒くさくない？」

「格闘ゲームで勝つためにトレーニングモードで研究するだろ？　あの延長線上だろ」

「なるほど、お兄ちゃんわかりやすいね」

「紡の場合は元々感覚派だから練習を少しするだけで戦闘系のシナジーの習得も早いんじゃないか？」

趣味系の技能が戦闘に役立つシナジーがあるように戦闘系から趣味系の技能へのシナジーがあっても何の不思議も無い。

「そっかーだけど、曲芸で目に見えた何かとか貰《もら》えるの？」

まあ……そこを突かれると色々と痛い所か。

生産とはやっぱり何か違うんだよな。

「拙者《せっしゃ》が模索する楽器演奏も目に見えるメリットは無いでござるよ」

「闇ちゃんそれなのに楽器演奏を覚えるの？　詠唱《えいしょう》にシナジーがあるかもって事だけど」

「紡殿、魔物を倒すだけがセカンドライフじゃないでござる」

「その時に考えれば良いよ」

確かに……紡の言い分も間違いはないんだよなー。

こういった趣味って生活が安定してからやるのでもいくらでも遅くはない。

「紡殿、シナジーによって硝子殿が新技を覚えたりしてるでござるよ？　何が新しいスキルになるか手探りをするのは悪ではないでござる」

「うーん。まあ、曲芸は気が向いたらやってみようかなー新技のヒントとかありそうだし」

一点特化じゃなくするというのがこのゲームで有効の可能性が出てきたからな。

「色々と模索して楽しまないと勿体《もったい》ないってのはわかるぞ。俺だってみんなと一緒に戦うのは釣りの合間の趣味なんだからな」

「絆殿……」

「まーお兄ちゃんはねー」

あ、なんかみんなから呆《あき》れているような空気がしてくる。

「絆さんはぶれませんね」

「化石のクリーニングも魚を見つけたからやっていたでござる」

「徹底してるもんね。さーて、そろそろ目当ての塔が見えてきたよ。みんなボコボコに叩《たた》いてるから塔が壊れるのも時間の問題じゃない？」

紡の言葉に俺たちが残された塔を見るとみんなで総攻撃をしているようだ。

『結構塔固いな』

『段々固くなってるのはしょうがなくね？』

『だけど前回に比べて倍以上固い気がするぞ。まあ装備品で俺たちも結構強くなってるけど』

なんて形でみんな思い思いに感想を述べている。

俺たちの場合はエネルギーブレイドでごり押ししたからな……ただ、もう一本の塔も結構早めに折れたと思うが。

最後の塔だけ固いのか……なんか塔周辺に集まるプレイヤーがゾンビパニック映画で生存者が立てこもった建築物に群がるゾンビに見えてくる。

非常に失礼なんだけどさ。

「ちょっと近寄りがたいでござるな」

「だな」

「えー？　私平気だよー攻撃してくるねー」

と、紡が突撃して塔へと攻撃をする。

残った俺たちは遠距離攻撃で様子を見ていると、塔が倒壊する。

他のプレイヤー達が頑張っていたから来なくても良かったかもしれない。

『おーし！　三つ目の塔が壊れたぞー！　ボスのお出ましになるはず』

『だな！　今回のディメンションウェーブはサクサク行けてて良いな』

そりゃあもう四回目のイベントなんだから慣れてくるもんだろ。

『ばっかおめー、敵が結構強いじゃねえか、島主パーティーの助けとか一部の廃《はい》が削ってくれてんのわかんねえのかよ』

おや？　結構魔物が強い判断で確定したっぽい。

まー……俺たちって装備がかなり良いし連携技でデバフを振りまいているからってのは否定できない。

足りない人員はペックルで埋めて受けるダメージを極端に下げて進んでいるしなー。

『逆にボスがどんだけ厄介《やっかい》なのかわかったもんじゃねえぞ――』

って話をしている最中、魔物が大量にポップし始めた。

それと同時に地響きが発生する。

「な、なんだ？」

『え、Aの2にボス出現！　ゾウの頭の大きな人型魔物、次元ノガネーシャ！　地響きがすげぇ！』

ちょっと待て、俺たちのいる場所ってAの2からちょっと離れてるぞ。

その地響きがここまで来てるってのか？

うお……地面が揺れる揺れる！　エフェクトが果てしなさすぎる。

「絆さん！」

「おっとこれはちょっと歯ごたえありそう！」

わらわらと魔物の出現頻度が跳ね上がり、次元ノガルーダや次元ノジンが大量にプレイヤー目掛けて襲い掛かってくる。

その数は十や二十じゃない。

まさに無数といった様子で一人のプレイヤーが何体もの魔物に囲まれる事態になってきている。

「はあああ！」

「おりゃあああ！」

「範囲技で削ります！　紡さん！　行きますよ！」

「うん！　こりゃあヤバイかも！」

「闇影、こっちも協力でデバフを振りまいて戦えるスペース確保をするぞ！」

『絆ー！　そこね！　今行くから堪《こら》えなさいよー！　この防具のお陰で耐えきれてるけど、ちょっときつくなってきたわね……』

『ありです！　助かりました！』

『ぐわあああああああああ！』

『いわぁあああああああああっく！』

奏姉さんは俺たちの場所をわかっているのか近寄ろうとしているけど戦闘不能になって

いくプレイヤー達の声が聞こえてくる。

　こりゃあ結構危険だな。

　最初の波での戦闘を思い出す、あの頃はあの頃で接戦だった。

　やっぱりそう簡単に波はクリアさせてなんてくれないよな。

「はぁ！　輪舞《りんぶ》零《ゼロ》ノ型《かた》・雪月花《せつげっか》！」

「紅天大車輪《くてんだいしゃりん》！」

「『ブラッディボムスプラッシュ！』」

　硝子の雪月花で周囲の魔物を花びらが切り刻み、紡のスキルで弾き飛ばしながらダメージを与え、俺と闇影の連携スキルで周囲の魔物たちを強力なデバフを振りまく爆弾へと変えて周囲に飛び散らせる。

『今だ！　島主パーティー近くの奴らは安全確保をするために魔物どもを蹴散らせろー！』

　他プレイヤーの周囲に血がかかりデバフを与える。

　お陰でダメージが大幅に入り周囲の魔物は一時的に激減した。

　さすがに解体とかしている余裕は……無いな。

　あ、奏姉さんが見えた！

「みんな！　姉さんがめっちゃ抱えてる！」

「行くペン！」

元祖ブレイブペックルがパーティーメンバーの危機を感知して姉さんの元へと駆けていく。

ストレスゲージを確認……まだ大丈夫か。

ただ、耐えきれるか怪しいラインだな。

何にしても手早く魔物の群れを抱える姉さんを助けないとヤバイ！

『ブラッディボムスプラッシュを！』

『俺は島主パーティーじゃねぇえ！』

『ブラッドフラワーにブラッディレインだったか！　とにかく、みんな範囲技使って削ってから倒れてくれ！　じゃねえとこの魔物を処理仕切れない！』

『ペックルは魔物じゃないペン！』

『悪いペックル！　俺たちの盾となってくれ！　少しだけの辛抱《しんぼう》だ』

『ペーン』

ペックル達が戦闘不能になる声が周囲から聞こえてくる。

他プレイヤー達のペックルだ。

こっちは辛うじて持ちこたえているけど……まだ俺たちでさえボスの所に到着してないんだぞ！

「倒しても倒しても……」

「キリが無い。ちょっと敵の数が多いよ」

硝子と紡が範囲技、俺と闇影がブラッディボムスプラッシュを定期的に放って周囲に群がる魔物をどんどん削っていくけど沸きがきついぞ。

一体どうなってんだ？

『ボスに攻撃してる暇がねえ！』

『俺たちのLvが足りねえって事かよ！』

『島主様、絆ちゃんのお兄さん、手加減せずに終わらせてください！　今の俺たちにはきつい！』

『廃人様キャリーお願いするっすー！』

泣き言を言うプレイヤーが出てきたぞ！

おい前線組！

俺たちにお株取られてどうするんだよ！

『あ、らるく！　た、助けてほしいなんて言ってないんだからね！』

『あ、島主と思ったらロゼじゃん、サンキュー』

らるくや紡の元パーティーメンバーも善戦してるっぽいやりとりが聞こえてくる。

ただ、らるくの方はなんでツンデレ風な台詞《せりふ》なんだろう？

「絆ー紡ー、やっと合流できたわね。しかっし……魔物の沸きが激しくなったわねープレイヤー全体でかなり押され気味になってきたわ」

「歯ごたえあって面白くなってきたー！」

「紡はそうでしょうよ。硝子ちゃん、行ける？」

「なんとか……」

とはいえ、俺たちもそこそこ被弾している。

既に俺はシールドエネルギーが削りきられて何度かエネルギーにダメージを受けたりしている。

まだ戦えるけど、そのうち装備が脱げて大幅弱体化するぞ。

奏姉さんの提案する陣形でサッサとボスの所まで行って攻撃しないとじり貧《ひん》になるな。

『ぐああああああ！』

『あの地響き、近くにいるだけでダメージ受けるのかよ。運動神経良い奴がジャンプしまくって攻撃するしかねえけどきついじゃねえか』

『岩石投げをしてくるぞ！』

『弱体化ギミックとか無いのか！』

『シンプルにボス強いぞ！』

ボス戦をしているプレイヤーがかなり手を焼いているっぽい。

これは……相当な被害が出そうだ。

「腕が鳴るねみんな」

で、追い込まれる事でワクワクするぞ！　って目を輝かせている妹がここにいる。

いや、頼りになるんだけどさ。結構ヤバくないかこの流れ。

紡がこういう顔してる時って負け戦《いくさ》になる事がそこそこある。

「拙者《せっしゃ》たちは戦えるでござるが……厳しそうでござる」

「ですね。自惚《うぬぼ》れるつもりは無いですがもっと倒さないといけないかもしれないです」

「エンジョイ勢に厳しい現状だ……」

前線組の活躍どころだ。頑張って戦ってほしいと思ってしまう。

『うわあああああ！』

『悪い！　ボス戦闘していたパーティーだけど全滅した！　フィールドが閉鎖してるからリスポーンで入れない！』

そうだった。ボスが出現すると死に戻りで戦場復帰できなくなるんだった。

かなりヤバくなってきてないか？

ボス戦闘していたパーティー全滅ってだけで追い込まれてるぞ。

ってところで俺たちにパーティーチャットが飛んできた。

「……そう」

この声はしぇりる！

そういえば別行動してたんだった！

「しぇりる！　大丈夫か！　魔物の沸きが激しすぎて戦場は大混乱状態だが」

「しぇりるさん。無事ですか？」

「そう」

どうやらしぇりるの声音から無事ではあるっぽい。

「しぇりる殿、どこにいるでござる？」

「D……6」

そこそこ遠い挙《あ》げ句《く》ボスから離れすぎてる！

どうする？

しぇりるの身を考えたら合流するのが一番だけど、ボスを倒さないとじり貧《ひん》でプレイヤーがどんどん戦場から追い出される！

挙げ句、戦場のプレイヤーがいなくなったらどうなる？　イベント失敗となるぞ。

早く決断しないとヤバイ。

「絆、しぇりるちゃんを救助するために二手に分かれるのはどう？」

「そのあたりが妥当か、姉さん。いや……らるく達が近いなら任せるって手もある」

と、俺と姉さんがしぇりるを救助しようとパーティーで話をしていると。

「……問題ない」

しぇりるが平気そうに答える。いや、正確には……自信ありな感じか？

「設置が終わった。一気に行く」

「設置……？　一気に行くって――」

何を？　と聞く前にしぇりるが喋《しゃべ》る。

「ｆｉｒｅ！」

三話　第四波討伐

しぇりるが叫ぶ、するとガシャガシャ！　ドドドドド！　っと音が周囲から鳴り響く。

「ギギギ⁉」

「グギャアア⁉」

「ギ――」

同時に周囲に矢の雨というしかない代物が降り注ぎ、魔物たちをハチの巣にしていく。

音の方を見渡すとそこには塔を壊す道中で見たバリスタが勝手に動いて周囲の魔物を撃ち抜いているのが確認できる。

大砲もセットだ。

どんどんバリスタから弾が放たれて魔物の数が減っていっている。

おい！　イカとかカニの残骸《ざんがい》で作られた弾丸が混じってるぞ。

『な、なんだ⁉』

『矢の雨が降ってるぞ！』

『た、助かった！　じゃねえ！　なんだこれ⁉』

『バリスタが勝手に動いてる！』

『オートタレットじゃねコレ⁉』

『なんか戦場で見ると思ってたけど何だコレ⁉　どんなギミックなんだ⁉』

どうやら他のプレイヤー達も助けられたのかみんな揃《そろ》って驚きの声を上げている。

『見た時使えるかと思ったけど引き金なくて弾も持ってなかったから無視してたけど、なんだ？』

『最初から設定されてたのか？』

『ユーザーに優しい運営、感謝します』

『いや、ここはユーザーにクリアさせろよ。攻略不可なのにゲーム続行のためにこんな八百長されても冷めるだろ』

……違う。これは運営の仕組んだ代物じゃない。

『いや、俺見たぞ。このタレット、島主パーティーの海女《あま》が凄《すご》い速度で組み立てて移動していく姿』

『俺も見た！　何やってんだ？　って思ったけど、布石だったのか』

『ちょっと待て！　これって島主パーティーが仕組んだのか⁉』

『どんだけタレット設置してんだよ！』

『朗報、何もしなくても魔物たちがタレットに撃ち抜かれて倒れていく件』

『悲報、助かった俺たち呆然《ぼうぜん》と見てる無能』

チャットは困惑を極めてるぞ。

『次元ノガネーシャさん。タレットでハチの巣にされてて、針山みたいになってる』

『HPガリガリ削れてくぞ。半端ねえ』

周囲の魔物を蹴散らしたところで硝子や姉さんが俺の方に顔を向ける。

「これってしぇりるちゃんがやったのよね？」

「たぶん……」

「そのようですね」

「絆……今どこ？」

しぇりるが聞いてくる。

「Bの3と4の間。ボス近く」

「そう……」

って声がしてしばらくするとしぇりるが騎乗ペットに乗って全速力でこっちにやってきた。

『ざ、雑魚《ざこ》は蹴散らした！　みんな！　針山みたいになってるけどボスに突撃だー！』

『お、おおおお！』

『いや、これ……もうMVPとか上位入賞無理じゃね？』

『おこぼれを貰《もら》えー！』

『開き直り大事！　トドメをもぎ取るのだー！』

ってプレイヤー達は立て直してボスに向かって突撃していく。

「早く行く」

淡々としぇりるが針山を指さすので俺たちは言われるがまま、ボスへと向かい……次元ノガネーシャと名前が出ている動く針の山に向かって攻撃……もう瀕死《ひんし》じゃん。

今現在も周囲に設置されたバリスタや大砲がボスに向かって飛んでいっている。

「プ、プハオオオ……」

なんだこの状況と思いながら攻撃を数回入れているうちに……ドスーン！　っと次元ノガネーシャは地面に倒れた。切ない声がひどく印象的だった。

そりゃあ……周囲に設置されたタレットでハチの巣にされたわけだしわからなくもない。

サァア……っと空が晴れ上がり、波が終了したのを告げる。

本当にコレで良いのか？

「……！」

しぇりるがドヤ顔をしているが周囲のプレイヤーを含めて言葉を失うばかりだ。

「「よ……よっしゃー？」」

「なのか？」

「どうなってんだ？　誰か説明しろ」

割と本当にどうなってんだ？


――ディメンションウェーブ第四波討伐！


システムウィンドウが表示される。

「一応……突破した事になるけど、なんか達成感が薄くなってしまったような……」

割と本当になんだこれ？　って状況に戸惑いを隠せない。

『あのタレット、最初から置かれてないし、地面から生えたもんじゃなかった』

『ああ、しかも弾にイカやカニ混じってたぞ』

『ゴミ飛ばしてなかったか？　大砲』

『何がどうなってんだ？　また島主がやらかしたんだよな？』

俺がやらかしたってどういう表現だよ！

『絆ちゃんは無実でござる！　だって呆然《ぼうぜん》としてたのを見かけたでござるー』

『みんなの絆ちゃんがここまで頭が回る仕掛けはしないよなー』

『ボスを釣り上げるところを見たかった』

『奇抜な釣りキボン』

それはそれでよく考えろ。ここは陸だ。俺を馬鹿にするな！

ボスを釣るってゾウの口に引っかけるにしても俺が来た時には針山だったよ！

周囲の期待が変な所に集まっている。

なんて内心愚痴《ぐち》をこぼしているところでリザルトが表示される。

与えダメージで俺は……8位か。

エネルギーブレイドとか闇影との連携スキルで結構稼げたけどやっぱり俺はそこまで貢献しきれてないな。

使用したエネルギーを考えると大規模イベントだからこそって感じのコストパフォーマンスだ。

闇影の方は2位……相変わらずの高火力だよな。

広範囲魔法だから数で稼いでいるお陰だ。

「……」

ふんす！　っとしぇりるが胸を張っている。

堂々の1位だもんな。合計ダメージもぶっちぎりだ。総取りとはこの事で他はドングリの背比べな次元となっている。

まあ……俺たちはそこそこ稼いでいたのでその中でも少しばかり上なんだけどさ。

1位な理由は戦場にタレットを無数に設置してぶっ放したのだから当然か？

「ペーン」

で、タレットをよく見るとペックル達がなんか特定の場所に立ってタレットを動かすと追随するように無人のタレットが動いている。

あれってもしかして。

「おそらく何かしらのギミックで連鎖するようにしているでござるな。しぇりる殿はマシンナリーを習得しているでござるから」

「……そう」

うわ、やるもんだな。

「戦場に無数のタレット設置ですか、凄《すご》いですね」

「絆を参考にした……」

「参考に？　何を？」

「大量設置」

「カニ籠《かご》でござるよ。絆殿が各地でばら撒《ま》くように設置していたのがアイデア元だとしぇりる殿は言いたいでござる」

闇影の補足にしぇりるがこくりと頷《うなず》く。

「備えて大量に作った」

「イカやカニ、バリスタの矢も含めて色々と戦場を飛び交っていましたね」

「あはは、しぇりるちゃんも面白い事をするねー！」

紡がケラケラと笑っている。まあ……これも工夫次第の戦い方って事になるのかね。

「本当、固定観念持ってると痛い目見るわ。私ももっと尖《とが》った副業を覚えた方がいいのかしらね」

姉さんも感心している。

確かに、ここはしぇりるの一本勝ちって感じだ。

ただ……生活の出費ランキングもぶっちぎりでお前だぞ。

「アルトが帰ってきたら謝らないとな。倉庫にあった金や物資が大量になくなってて悲鳴を上げていたぞ」

「……そう」

犯人はしぇりるだったというのは想像に容易《たやす》い。

工房に籠《こも》って今回使うタレットを大量に作っていたのだろう。

どれだけ技能経験値を稼いだのか。

集めるだけ集めて色々と作る……ロミナ並みのマシンナリーの腕前をしぇりるは修練しているのかもしれない。

「お兄ちゃんは相変わらず総合順位はトップだね」

「しぇりるが1位じゃないんだな?」

なぜか総合順位で俺は前回と同じく1位を取っている。

なんでだ?

「……あれだけ荒稼ぎしてやる事をやっていればそうなるかと思いますね」

姉さんと紡以外の全員が顔を逸《そ》らしながら頷《うなず》いている。

「本当この子は、自分が何をしでかしていたのか自覚がないのが嘆かわしいわ」

「なんかあったっけ?」

「お兄ちゃんのカニ籠漁《かごりょう》の結果でプレイヤーの汎用装備《はんようそうび》がどれだけ広まったのか考えた方がいいよ」

「アルト殿も関わっているでござるがそこは不動でござるな」

あ、そういえばアルトの名前はあるかな?

そう思ったのだけどアルトは生活などの項目で名前が載ってなかった。

免除枠に入っているのだろうなぁ。

パッと見つけるのが大変なので後にするか。

「産業を生み出す火種に必ず関わりながら色々とやって波にも戦闘貢献していたら他のプレイヤーじゃ手も足も出ないわよ」

「そんなもんかねぇ」

「そもそもお兄ちゃん。ペックルを強化させる帽子を被《かぶ》っているだけで戦闘貢献度が勝手に上がるでしょ」

「でしょうね。かなり恵まれてるわよ。あら、私もかなり貢献扱いされてるわね」

姉さんが総合順位で6位にいる。一気に順位が跳ね上がったなぁ。

波での戦闘貢献に関していえば3位。しぇりる、俺の次に入ってるぞ。

「魔物たちの攻撃を一挙に引き付けて皆さんが戦いやすいようにしてくださっていましたもんね」

侮辱《ぶじょく》してきたプレイヤーを探して波の戦場を走り回っていただけだけどな。

魔物を引き集めて他のプレイヤーが戦いやすいようにしていたら貢献度も上がるか。

被ダメージは思ったより受けていないのは防御力の高さからか……攻撃を捨てて守りに特化した姉さんは侮《あなど》れないな。

「ふふん。悪くないわね。想定より良かったわ」

「あんまり戦った感じがしなくて残念だなー」

奏姉さんとは逆に紡の方は不満そうだ。

当然の事ながら生活に関して俺たちはみんな上位に入っている。

姉さんはこのあたりが低めなのは加入が遅かったのがあるかな。

ホームレス生活をしていたのが響いているのだろう。

ただ、これから改善していくかな。

『なんにしてもまた島主パーティーに良い所を持ってかれたって事だな』

『いや――待て！　みんな！　冷静によく考えてみるんだ！　わっしょいわっしょいしている場合じゃないぞ』

何やらここで一人のプレイヤーが緊迫した様子で発言した。

『なんだ？』

『何を考えろってんだよ』

『相変わらず島主たちにやられたってだけだろ。トップの連中ってのはそんなもんだって』

『島主の連中って努力してる俺たちからすると遊んでいるように見えるけどやっぱ金の力って偉大なんだろう？』

このあたりはプレイヤーの主観が入るよな。

一見遊んでいるようにしか見えないとか言われるだろうとは思っていた。

現に俺は基本エンジョイでやりたい事しかしてない。

なのに好成績なのはゲームとの相性や仲間、環境に恵まれているというのは大きいだろう。

硝子が不愉快そうに異議を唱えようとしているけど俺は気にするなと首を横に振る。

「一生懸命魔物を倒している連中からしたら遊んで見えるもんだ。な？　姉さん」

「そうね。だけどこのゲームの正しい遊び方は絆たちの方法だって学ばないといけないわ」

「……努力の方向性というやつでござる。拙者《せっしゃ》はまだ直面していないので人伝《ひとづて》でござるが、しっかりと目的を持った努力をしないと身につかない……受験勉強などがそうらしいでござる」

闇影の言い方が若干《じゃっかん》気になるけど、確かにと思える所はあるよな。

『だからそうじゃねえよ。みんな、前回の波の時を考えてくれ。魔王軍侵攻は無視して』

『はぁ？』

『前回も島主たちの圧勝だったじゃねえか』

『察しが悪いな、お前らもやってた事だよ。今回はやってないんだ』

『良いから単刀直入に言え！』

『3行でわかりやすく言え！』

確かにちょっと回りくどいな、この何か気付いた奴の言い方。

前回の波と今回の波の違い……俺たちは勝ち馬に乗れて他のプレイヤーはあまり活躍できなかった。

で、今回の波で他のプレイヤーはしていなくて、俺たちはしている？

「船」

しぇりるがポツリと呟《つぶや》いた。

まあ……船は陸だから使えないもんな。

『船か？　陸じゃ使えないだろ』

あ、気付いた奴がいてしぇりると同じ事を言ってる。

『半分正解だけど、もう答えを言うな？　波に備えて俺たちは船を用意しただろ？　けど今回の波は陸だからって用意してなかった。島主パーティーはタレットを設置した……ここから考えられるのはよ。波のフィールドが決まった段階でそこでしなくちゃいけない事があったって事だ！』

ああ……なるほど。

船に該当しうる陸での代物……戦車、じゃないな。

しぇりるは船大工だけどここで船を取ったら大工。

『おい……まさか』

『俺たちはまだこのゲームの事をまるで理解してなかったんだ！　砦《とりで》だよ！　タレットとか設置されてたりするだろ！　なに悠長に俺たちは波が始まらないかなーってボケっと待機してんだよ』

『あー……確かに』

『製造系が豊富なのは伏線だったのか』

『マジかぁ……』

『運営が想定しているプレイングは待機時間内に設備の準備って事かよ』

『うわあああ……こりゃあ馬鹿丸出しじゃねえか』

『戦闘始まってから設置してたって事は島主パーティーも気付いてなかった事だよな。出し抜けるチャンスだったのにー！』

と、悔しがる声が大量に沸き始める。

つまりあれだ……ゲームとかの防衛戦で戦場を彩るギミックやオブジェクトをプレイヤーの大工とか作成系の技能持ちが戦場で事前に作る事も波に備えた仕事とカウントされる。

砦を設置する事で他のプレイヤーも戦いやすい状態になる、と。

確かにどう見ても運営が想定しているパターンだよな、コレ。

『……マジだ。波のフィールドで建築関連の技能、使える。通常のフィールドじゃ出来ないから盲点だった！』

俺も水辺でカニ籠《かご》を大量設置したりしてるので設置可能箇所の制約はある程度わかる。

どうやら建築は普通のフィールドじゃ出来ないっぽい。

『何から何までプレイヤーに委ねられてるのかよ。カルミラ島を開拓した島主ってのもヒントなんだよ。気付かなかったのが悪いんだ』

『つまりルールを知ってたら今回くらいの難易度ならかなりのヌルゲーだったたって事だよな？』

『むしろあれだけLvを上げて敵が強すぎね？　って思ってたけど、ギミックを設置しろって事か』

『これからは製造系のプレイヤーも抱えていかないといけないって事だな』

『うへー！』

ってフィールドチャットが混迷を繰り広げている。

砦《とりで》の建造まで出来るのか……船の改造やタレット設置とか考えると相当いろんな工夫を入れられる余地があるって事だな。

「ロミナさんを戦場に引き出す日が来そうね」

「そうだな。まあ、気持ちを切り替えてアップデート項目の確認をしておくか」

表示された項目を弄《いじ》ってアップデート情報を開く。

お？　スピリットの技能拡張……何かをする事で新しい技能が解放されるっぽい。

このあたりもどこかで検証や情報収集して覚えていかないとな。

前回のもどうにもよくわからない所があったもんな。

倒したモンスターの力ってのはどうやら見知らぬモンスターを倒す事でエネルギー上限の限界突破が出来るって事だったみたいだけど。

で、新たなスキル解放とか書いてあるけど前回のアップデートだって全てのスキルがわかってないんだから判断のしようがない。

アイテムも追加されているっぽいけど……どれくらい増えるんだ？

アップデート内容は前回よりは少ないっぽい？　まあ俺が不参加の二番目の波の時も似た感じだったし、こんなものか。

と思ったけどユニークスキルの追加実装とデカデカと表示されている。

シークレットスキル以外にユニークスキルも増えるのね。

ユニークスキルといえばフィーバールアーがそれか。

「それぞれゲーム内で一人しか習得できない12のユニークスキルを実装ですか」

「わーなんか燃える感じの要素が入ってきたー」

「普通のＶＲＭＭＯとかだったら炎上モノの要素がぶっこまれるわね」

「ログアウト不可のセカンドライフプロジェクトならではの要素という事でござるか」

「嫉妬とか凄《すご》いだろうけどな」

「……」

みんな思い思いにユニークスキル実装の項目を確認している。

「問題はシークレットスキルも多いからどれがどれなのか判断し難《にく》いのだけどね」

「全部覚えきれないよな」

「まだまだ私たちは全てを理解しきれていませんね」

「だからこそ楽しいんじゃん。全部がわかったらお姉ちゃんに持ってかれるし、飽きる頃にお兄ちゃんにボコボコにされちゃうよ」

まあ確かにそのパターンがうちではいつもの流れだ。

それに飽きっぽい紡からしたら新しい要素と隠されたスキルは継続力になるんだよな。

「絆さんの根気は参考にすべき所でしょうね」

「この子は極端すぎるのよ。前にやってた農業が必要なゲームなんて紡は元より私も投げだすほどの面倒なシステムだったのにずーっと遊んでたし」

「農業要素でLvアップする所だけをやってもらってゲームクリア出来たけどね」

「流行《はや》っている頃に絆が作った作物のリザルト画面をゲーム仲間に見せて驚かれたわよね……極めてる、頭おかしいって。農家出身の人も驚いてたわ」

硝子が俺の方をキョトンとした顔で見てくる。

「絆さん、農業も出来るんですか?」

「別のゲームでだよ。今の俺のソウルライフは釣りだから」

処理落ちするまでやりこんだゲームの話などされても今は釣りをするのが目的なのだから関係ない。

ここでらるくとてりすからチャットが飛んでくる。

「やったな嬢ちゃん達」

「やっぱり絆ちゃんの所の方が面白い事になったわね」

「まあ……俺も予想外だったよ」

「しぇりるの嬢ちゃんがしたんだろうってのはわかったぜ。色々と仕込んでたのはイベントへの布石だったって事だな」

「そうみたいだ。しぇりるが頑張ってる間に俺たちはエンジョイしまくりだったけどね」

「はは、お互い様って事だな」

「そういやらるく、教えてくれたＮＰＣから新しいクエスト出てシークレットクエストに遭遇したよ」

「マジか……あー、やっぱり絆の嬢ちゃんの所で遊びてえなぁ」

らるくが深いため息を吐《つ》いてる。

「そっちの上司は厳しい感じ？」

「いんや？　今いねえよ。まあ、人捜しに知らねえ連中と絡んでるだけよ。絆の嬢ちゃん達とだけ絡んでちゃ楽しめねえだろ？」

今いない？　まあいいや、人との巡り会いを楽しむってのもあるからなぁ。

「まー……もしかしたら近々連絡取れなくなるかもしれねえイベントに行くかもな」

「お？　何か心当たりでも？」

「待機中らしいのよね。いつになるかわからないし迷惑掛けられないからちょっと距離を取ってるのよ」

「そんなところだ。絆の嬢ちゃんがいた方が面白い事になりそうだから誘うかもな」

「そんな配慮しなくて良いのに……」

「親しき仲にも礼儀ありってな。まあ何も無かったら遊びに行くぜ」

「そんじゃあねー絆ちゃん」

何やら、らるくも良さそうなクエストへの心当たりがあるようだ。

「さてさてー今回もお楽しみボーナスアイテム支給ー」

「きっと絆殿はエネルギーブレイドの拡張アイテムでござる」

こら闇影！　そんなお約束みたいにフラグを立ててるんじゃない！

「そうはならない事を祈ってー！　報酬チェーック！」

スロットがくるくると回るー！

釣竿《つりざお》と魚が気になる！　何が手に入るんだー？

なんにしても当たれ！

「ペーン！」

どこからともなくリール内にペックルが現れて止まっていく。

いや、お前らいらないから！

やがて三つともペックルで止まった。
ステップアップ！　何かステップアップ！
とは思ったのだけど……何も起こらず確定したようだ。

——ペックルハウス獲得！

控えめに言って何を俺は貰《もら》ったんだ？
ペックルハウスってなんだ⁉
とにかく、支給されたペックルハウスというアイテムを確認してみる。
人形の家？　ペックルの笛と反応している。
「絆殿、それが当たったでござる？」
「ああ。正直よくわからん品が当たった」
ぶっちゃけ外れ枠だろ。
と、思ったんだけどこのアイテム……特殊アイテムだ。
マジックアイテムって書かれている。
取引不可だ……捨てる事も出来ないし面倒くさい。
島主指定の支給品か？

「ではちょうどよかったでござる。はい。絆殿」

って闇影がコスト低下アダプター・エネルギーブレイドアタッチメントというパーツを預けていたエネルギーブレイドと共に渡してきた。

「お前……」

「拙者《せっしゃ》が当たったので絆殿にプレゼントでござるー」

エネルギーブレイドの拡張がどこまで行くんだ？

ご丁寧に拡張もアップデートで増えてるっぽいし。

と、思いつつしょうがないのでセットする。

高密度強化エネルギーブレイドアタッチメントV

お？　解体刀とドリルとかが可変範囲に入っている。

試作より発展して使いやすくなったのか？

ただ、釣竿《つりざお》はまだ無い。

振り込めるエネルギーに対して攻撃力が増加したっぽいな。

ここぞとばかりの時にしか使わないので後で実験が必要だけどな。

「絆さん、報酬はどうでした？」

「硝子は？」

俺が教えた後に硝子も実は教えてくれていたのだけど今回は硝子が先に教えてほしい気分だ。

「天露《あまつゆ》の糸という糸が手に入りました。釣り糸に使えるみたいなので釣竿に使おうと思います」

「おお！　いいなー！」

素直に羨《うらや》ましい。くれないかな？

期待の眼差《まなざ》しを送る。俺のペックルハウスと交換しようぜ。

仕様の所為《せい》で出来ないけどさ。

「絆殿が露骨に硝子殿にせがんでいるでござる」

「すみません。取引不可品みたいで見てもらう事は出来ても私しか使えないようです」

うへ……こういった代物こそ欲しいのにな。

「ちぇー……」

「絆さんは何が出ました？」

「よくわからないペックルハウスって人形の家っぽいアイテム。なんか騎乗ペットみたいに拡張項目があるけど……」

「試しに使う……にしてもドールハウスみたいでわからないでござるな」

だろ？　って思って地面に置くとムクムクと膨れ上がり……どう見てもペックル型のドーム状の建物になった。

「シェルターね。テント枠のアイテムって事か」

奏姉さんが大きくなったペックルハウスを見て冷静に答える。

扉には……ペックルの笛が差し込めそうな穴がある。

「……」

穴にペックルの笛を差し込むとガチャリと扉が開いた。

中はそこそこ広く、ペックルで彩られた装飾が施された部屋だった。

「アハハ！　お兄ちゃん。なんていうかどんどんペックルマスター化してきてるね！　ペンペン」

「やかましいわ！」

「どこでも休めるという事でしょうかね。これがあればある程度は寝泊まりが楽になるかもしれませんね」

「そうだけど……」

「釣りをする際にあると便利だと思いますよ？　ここで休んで扉を出たら釣り場です」

夜釣りするには便利と言いたいのか。

そう考えると悪い手じゃないかもしれない。

船とかが使えない所だと便利と……。

「問題はどこでも使えるのかって所だな」

「魔物の多いフィールドだと使用できないわよね。テント」

そりゃあいつ魔物がポップするかわからない所とかあるもんな。

使えそうなのは……釣り場とか変な感じに魔物が寄り付かない所とかかな？

ともかく、みんなそこそこ当たり外れはあるけど色々と貰《もら》えたっぽい。

姉さんは二匹目の騎乗ペットが手に入った。騎竜で今までのものよりも性能が高いらしい。

「さて……後は次元ノガネーシャを解体か」

「しぇりるさんが活躍したのですから私たちの取り分は多そうですね」

「そう……」

「今回の素材はしぇりるの装備でも作ってもらうか？」

俺の問いにしぇりるは首を横に振る。

「損失、埋める。それとドロップも後で渡す」

さすがはＭＶＰか、何かドロップもあるらしい。

しぇりるから貰ったのはガネーシャの太刀《たち》と数珠《じゅず》、それとヴァジュラって投擲《とうてき》武器だ。

太刀《たち》はともかく、数珠《じゅず》とヴァジュラは使い道を検討しないといけないな。

どうも数珠は魔法攻撃が上がるので闇影に持たせるのが良いか？

ヴァジュラは俺たちの中で使える人がいないのでロミナに加工してもらう事にした。

「出費分の穴埋めか。まあ武器じゃなくても船の素材とかに使えばいいんじゃないか？」

「……わかった」

解体だけど大型だから白鯨《はくげい》の太刀を使えばいいな。

技能は十分満たせているようでザクザクと切り分けられる。

人型要素があるのでちょっと悩みどころだったけど問題はなさそうだ。

牙《きば》とか骨とか皮が大半だったな。ブレイブペックルが何か反応しているので仕分けが終わったら渡すとしよう。

「それじゃ……一旦帰るか」

というわけで俺たちは考察をしているプレイヤー達を後にして帰還したのだった。

その日は戦勝会という事で姉さんが料理を披露してくれた。

四話　ユニークスキル　狩猟具

「ふむ……」

食事を終えて部屋でアップデート後という事で、ぼんやりとスキル欄に新しいスキルが無いかを確認する。

今までの行動を記憶されていて何か出現している可能性があったからだ。

色々と追加されているなぁ……船上戦闘技能とかそこからの派生で航海士、占星術とかが開かれるようだ。

スピリットはシステム周りが独特だけど他の種族のプレイヤーも同様のスキルが新たに追加されていると見て良い。

今まで内輪受けで話をしていた海女《あま》とか漁師とか本格的にスキルに出てくる領域になってきてると見て良いな。

どれも上位スキルで取得するか非常に悩ましい。

……ペックル使いってスキルが出現しているし習得条件を余裕で満たしている所はこの際、見ない事にしよう。

下手に硝子たちに話すとペックル強化のために最優先で取れと要求されかねない。

具体的には奏姉さんあたりに知られると危ないな。

誘導というか命令が姉ゆえに強いからな。

いや……上手《うま》くいっている俺という実績から姉さんはまだ言わない可能性は高いか?

そのあたりの考えは異様に早いので逆に安全かもしれない。

とは思いつつ何を今後取っていくのが良いか。

出来れば釣り関連のスキルを引き上げていきたいところではある。

フィッシングマスタリーの上限は突破できているけど、更なる上位スキルを取得してLvアップをしていかねば出遅れる。

といった形で無数にある取得できるスキル一覧をずらーっとスライドさせて確認していると……一際輝いて自己主張しているスキルが目に入った。

☆狩猟具　ユニークスキル
フィッシングマスタリーX以上もしくはスピアマスタリーX以上・更に100種以上の該当魚類の取得。

トラップマスタリーX以上もしくはボウマスタリーX以上。

夜目《よめ》V以上もしくは気配遮断V以上。

素潜りＶ以上もしくは掘削《くっさく》Ｖ以上。

解体技能Ｘ以上もしくは皮加工技能Ｖ以上。

累積狩猟（魔物除外）２０００００００匹。

累積罠《わな》設置数　１０００００個。

狩猟系シークレットスキル所持。

ヌシの５匹以上のサーバー初回釣り上げ、もしくはエリアボス初回討伐５回以上。

生活ランキング５位以内の入賞経験。

取得に必要なマナ１０００　維持エネルギー１０００（ランクダウンはLv１以下にならない）。
・選ばれし者しか取得できない唯一スキル。
狩猟に関する行動全てに大きな補正が掛かる。

狩猟関連の武具性能70％増加。ステータス増加。

専用の戦闘スキル・専用武器スロットが解放。
※代償・人型へのダメージ-99％。この効果は武器の切り替えを行っても発生します。
※今後予定されているコンテンツの参加制限が発生する場合があります。
他、該当スキルは統括され習熟から再習得となり、外す事は出来ませんが重複します。

ただし習得実績は保存されます。

「うーん……!?」

なんだこれ？　かなりのぶっ壊れスキルだぞ？

狩猟に関する全てに大きな補正が掛かって狩猟関連武具の性能が7割も増加って強すぎるにも程があるぞ。

代償として外す事は出来なくなるし、人型の敵へのダメージが大幅に減少する。

モンスターだけではなく仮に対人要素が実装されたら諦《あきら》めろって感じの極端なスキルだ。

更に今まで習得した狩猟関連、フィッシングマスタリーをはじめとした数々のスキルの再習得をしなくちゃいけなくなる。

ただ、習得実績……釣った魚とかは保存されていて、新しく魚を釣り上げる事で再習得も可能って事だ。

これはXまでならかなり軽いぞ？

問題として……前提条件のハードルが異様に高い。

該当スキルを上げるには現状だとカニ漁とかしていればある程度補えるけど……ヌシ5匹以上をサーバー初回に釣り上げるって条件きっつ！　誰も見つけてないヌシを釣れって事だ。ただ、全部満たしてるぞ、俺。

ここまで条件厳しいと早めに取得しておいた方がいいのか？

というか俺のために前もって準備していたのかと思えるくらいに条件がきつい。

けど……長くゲームをやってたら満たせそうな条件だな。

で……これ、唯一スキルって所から考えて先着一名って事……か？

他にユニークスキルがあるのか探したけど見つからない。

条件を満たしたら出る類《たぐい》のスキルである可能性は高いな。

「んー……」

代償は今までの技能だけど、統括されるって事は維持エネルギーが１０００で今までのスキルとして扱えるって事だ。

更に新しく今までのスキルを習得すれば重複する。非常においしい。

「気になる代償として人型へのダメージが99％マイナスって事だけど……人型の魔物も該当するのか？」

次元ノガルーダとか人っぽい要素がそこそこある。

リザードマンとかオークとかゴブリンとかかな。

そのあたりに対する問題とかが大きいといえば大きいけど……ありそうなのはエンドコンテンツで闘技場とか実装された際に出られないって所なんだよな。

「……」

よく考えたら俺って大半のゲームで対人要素のあるやつはやらないや。

姉さんや紡はこのあたりが得意だけど俺ってどんなゲームも大半は対人せずにエンジョイプレイをしてたなぁ。

そう考えると全く代償とは言えない。

こんな早い者勝ち的なスキル……取らなきゃ誰かに取られるだろ。

迷っているうちに誰かに取られて消えたとかだと目も当てられない。

本来ならみんなに相談しないといけないけど夜も更《ふ》けてるし、今夜はみんな寝るって言ってたからなぁ……硝子に聞いてみるか。

苦楽を共にした一番相談しやすい相手だし……闇影あたりも声を掛けやすいか？

というわけで硝子と闇影にチャットを飛ばしてみる。

「絆さん？　どうしました？」

個人チャットを飛ばすと硝子はすぐに反応してくれた。

闇影は……返事がないな。既に就寝中のようだ。

「ああ、寝る前に新しく追加されたスキルとかをチェックしてたんだけどな。ユニークスキルがあって取るか相談しようと思ったんだ」

俺は硝子に狩猟具というユニークスキルを説明した。

「確かにそれは非常に悩みますね。相談してくれてありがとうございます。ですが……他の皆さんに相談してからでいいのでは？」

「いや、姉さんとか紡相手だと迷走しそうだしさ。ロミナとかは相談に乗ってくれるだろうけど硝子に聞くのと変わらない気がしてさ。らるく達は取れって言うのが目に見えてる。何よりスピリットの事でみんなわからないだろ？」

「そうなると闇影さんも相談に適している方ですね」

「アイツにもチャットを送ったけど反応がない」

寝るのが地味に早い奴だよな。起きている時は起きているけどな。

任意で夜更かしをする時以外は早めに寝てるのが闇影だ。

「早い者勝ち感があってさ不安なんだ」

「正直そこまで条件が厳しいのでしたら絆さん以外取れなさそうだと思いますが……」

「長くやってると案外簡単に取れるもんなんだぞ？　この手の条件って」

200万匹の狩猟実績ってあるけど小型の魚、イワシとかニシンとかサンマって船を使った大々的な漁なら一回で数万尾獲れる。

1日2回漁をして1日4万獲れるとしたら50日で取れてしまう。

環境さえ整ったらあっという間だ。

俺たち以外にも船を所持しているプレイヤーだっているし、底引き網でかなりの魚が獲れるんだから難しい数字じゃない。

「ヌシの初回釣り上げって所で相当厳しいと思いますよ」

「いやいや、そこは硝子だって釣りをしてたら引っかかったじゃないか。あれを5回するだけってのがかなり緩い」

「焦りすぎだとは思いますが……ですが覚えて損ではないのはわかりました。問題としてあるのは人へのダメージですね」

「ああ、ただささ。俺、大抵のゲームで対人やらないんだよね」

「それはわかります。絆さんはそういう事は好まない方なんだろうと思っています。ただ……そんな注意があるという事はいずれ現れる要素って事ですね。チームで分かれて波での攻防とかありそうです」

あー……そういった可能性があるのか。

それは盲点だったなー。

「ですが、絆さんは元から対人は望まない要素のようですし、絆さんが決めてくださって良いと思いますよ。どうしてもやらねばならなくなったら私や皆さんが協力しますよ。何せ絆さんはどこでも釣りをする方ですからね」

今更って言いたいわけね。

「そっか、ありがとう。じゃあせっかくだし取得してみようかな」

硝子に相談して取る決心が固まった。

これでどこかで問題があったとしても、その時は釣りをしてればいいんだし。

元々釣りをするためにこのゲームをプレイしたのだから問題ない。

俺はスキル欄にある狩猟具のスキル項目をチェックして取得しようと試みる。もちろん前提スキルは全て取得してだ。

前提条件は俺が取得できるスキル範囲で満たせるから出てきたんだろう。

コストが重くなる……ところではあるのだけど狩猟具がそのままの性能ならば逆に安く済むようになる。


警告・このスキルを取得すると外す事は出来ません。

該当スキルが統括され、元のスキルは再習得条件を満たさないと習得できなくなります。

よろしいですか？
・はい　・いいえ

案の定後悔が無いようにとばかりに確認メッセージが出てきた。

俺は迷う事なく「はい」を選択する。


本当によろしいですね？

・はい　・いいえ

随分と厳重だな。

ここでもう一度、押して本当の本当に〜と続いたらコントだぞ。

って思ったのだけど、該当スキルが統括されるエフェクトが出て、狩猟具というスキルが俺のスキル欄に収まった。

『おめでとうございます！　12の唯一スキルの一つ・狩猟具を取得したプレイヤーが現れました！』

って全体チャットが流れた。

うわ……このスキル、相当ゲーム内で重要なスキルなんだな。

「びっくりしましたね。いきなり全体で放送されましたよ」

「そうだな。プレイヤー名が表示されなくてよかった」

目立ちたくないとかそんな話だけど、こう……いくら島主でも限度があるとかキレられそうな案件だ。

まさか全体放送で流されるとは思いもしなかったぞ。

大昔のＭＭＯＲＰＧでは超高難度アイテムを作成したプレイヤーやギルドがゲームのシステムに晒上《さらしあ》げにされるなんて事もあったそうなので、少し不安だったんだよな。

幸い取得プレイヤーが現れた程度の知らせに収まっているようだ。

何にしてもスキルを再度チェックだ……うん。

フィッシングマスタリーや解体技能、トラップマスタリーなど、今まで俺が重点的に習得していたスキルが軒並み消失していて再習得の条件が一部満たせなくなっている。

けれど釣竿《つりざお》の補正とかそのあたりは感覚的には全く変わらない。

むしろより明確に使えるような気がする。

そもそも今の俺だと装備するのにエネルギー以外に技能が必要な装備も外れずに装備できているので問題は全くない。

さて……専用スロットという項目を確認する。

狩猟具武器スロット　武器／初心者用狩猟具
■
■
■
説明／ユニークスキル、狩猟具を取得した者に贈られる初心者用特殊武器。

特殊な力で該当の武器を連結させる力を持つ。

単純に装備武器枠が増えてる？　どういう事だ？

そう思って道具欄から出現させるとガラス玉みたいな代物が出現した。

「なんだこれ？」

これが狩猟具？　と思って握る。


――該当武器をセットしてください。


すると所持している武器の一覧が出現した。

解体武器と釣竿、それと弓が入れられるっぽい。

他にも入るのかもしれないけど俺が今道具枠で持っているものはそこまでないな。

ツルハシやドリルは入らない。

掘削《くっさく》だから当然か。あ、狩猟具マニュアルって道具も道具欄にある。

説明は大事だよな。


――狩猟具は狩猟に該当する武器を狩猟具と呼ばれるコアにセットする事で即座に変化させて戦う事が出来ます。

武器の持ち替えをする際の隙《すき》を無くし、スキルを意識する事で該当するスキルへと武器

変更が可能です。

素早く武器を変える事で、今まで繋《つな》がらなかったスキルが即座に放てます。

釣竿《つりざお》から解体武器に態々《わざわざ》持ち替えなくてもスキルが使えるようになるって感じの武器みたいだ。

とりあえず……セットしてみて試し打ちするのが良いな。

俺はスロット部分をチェックして武奈伎骨《うなぎぼね》の釣竿と青鮫《あおざめ》の冷凍包丁を入れて……あ、同じカテゴリーの武器は重複で入らないっぽい。

釣竿、釣竿、釣竿みたいに入れられないのか。

ちょっと使い勝手が悪いな。

敵によって同じ武器種でも持ち替えとか必要になるだろうに。

まあシステム面に文句を言っても始まらない。

あ、エネルギーブレイドが装備に入れられる。

重複しているような気がするけど問題ないみたいだ。

ややガバガバな感じだな。

初心者用狩猟具

■武奈伎骨の釣竿
■青鮫の冷凍包丁〈盗賊達の罪人〉
■高密度強化エネルギーブレイドアタッチメントV

とりあえずこんな感じか？

「よし」

っと思っているとガラス玉が釣竿に変化した。

俺が所持している釣竿のリール部分にガラス玉が嵌《はま》っている。

変化したギミックって事かな？

「性能が変化したっぽいけど……」

適度に振るって確認するが……素振りじゃよくわからないか。

ただ、フィッシングマスタリーが無いのに使えるので問題はないはず。

「ヘイト&ルアー」

スキルを空撃《からう》ちして確認……スキルは初期化されてないので取得すれば使える。

「からのクレーバー」

スーッと飛んでいったルアーが壁に当たったところで消えて武器がフッと冷凍包丁の形になってクレーバーが放たれる。

「ふむ……」

こんな感じなのか……ちょっと癖はあるけど即座に別のスキルを放てるのは確かに優秀かもしれない。

問題はチャージスキルとかはどうなんだ？

釣竿《つりざお》に武器チェンジで戻してブラッドフラワーを意識する。

すると……釣竿状態でチャージが始まった。

「おお……別武器を使用しながらチャージが出来るのか……これは便利かもしれない。ヘイト&ルアー」

で、釣竿のヘイト&ルアーもしっかりと発動して飛んでいく。

「ブラッドフラワー！」

直後にブラッドフラワーを放つとほぼノーアクションで武器が即座に変化してブラッドフラワーのモーションが発生したぞ。

中々隙《すき》が無い構成のようだ。

一番の問題はこれって硝子や紡みたいな反射神経が優れた人が使った方がより効率的な運用が出来るって事だよな。

後は戦闘スキルか。

使えるスキルは……ハイディング・ハント？

「ハイディング・ハント」

するとフッと俺の姿が半透明になった。

んー……このエフェクトって隠れた的な感じだろうか？

狩猟だから獲物に気付かれないようにするって事だろう。

まあ、初歩スキルってこんなもんかな？

隠蔽《いんぺい》系《けい》のスキルや魔法は闇影が使っているからあるのは知ってる。

「絆さん」

あ、そういえば硝子とまだ話をしている途中だった。

検証のために意識の外にしてた。

「持ち替えの隙《すき》が無くなるスロット武器って要素みたい」

「中々便利なのではないですか？　片方の手でそれぞれ持つのとは別に使えるという事ですよね」

確かにな。

「ただ、問題として俺よりも他の人が使った方が有用だったかもしれない」

先着一名の特殊スキルを俺が取っちゃって申し訳ない気持ちにもなる。

こう……周囲からの期待とか、イベント時に絶対に活躍しなきゃいけない重圧みたいなものを感じてしまうな。

「取得が大変なものですし、気にしたって意味はないと私は思いますよ。とにかく、明日からの活動が楽しみになりましたね」

「そうだな。夜に悪かったな」

「いえ、むしろ直接絆さんの部屋に行けばよかったです」

それを言ったらしょうがない。たまたま見つけてちょっと相談って感じだったわけだし。

「皆さんに声を掛けましょうか？」

「闇影も寝てるし、明日で良いよ。そう騒ぐものじゃないって」

精々検証として港辺りに夜釣りに行くとかするのが良いかな。

「そうですか？」

「ああ、というわけで悪かったな。硝子。ゆっくり休んでてくれ」

「いえいえ、相談してくれてありがとうございます。では失礼しますね」

って感じで硝子とのチャットを終えた。

「さてと……ちょっと検証の夜釣りにでも行くか」

俺は釣り具を手に夜釣りへと出かける事にした。

カルミラ島は夜でも相変わらず賑《にぎ》やかな所は賑やかだけど……狩猟具のスキルを取得する際に最大まで取った夜目《よめ》の影響で見える範囲がかなり広がっている。

夜の暗さがあまり気にならなくなる程度には物が見えるようになったなぁ。

「ユニークスキルを取得した奴がもう現れたらしいな」

「狩猟具っていうのか……なんか変わったユニークスキル名だな」

「だな。概念的な代物なのかね？　そもそも唯一のって所がいやらしいな」

「放送を聞く限りだと12個存在するユニークスキルみたいだけど……どこの誰が手に入れたんだろう」

ってプレイヤーが世間話をしている声が、前より大きく聞こえてきた。

これも狩猟具の補正なんだろうか？

どうにも今までと感覚が違う。

ユニークスキルの影響でスキル構成が大きく変わったのでしょうがないが、慣れるのにちょっと時間が掛かりそうだな。

なんて思っていると少し離れた所に隠れてこちらをうかがうようなシルエットに気付く。

あのシルエットは何だろう？

歩きながら俺から一定の距離を取ってついてくるシルエットを見つめていると……。

「なあ、絆ちゃんがこっちに気付いてね？」

「そんな事は無いはずでござるよ。吾輩《わがはい》たちは絆ちゃんに不埒《ふらち》な輩《やから》が付かないように、温かい目で見つめているだけ。きっとあっちに硝子ちゃんか闇影ちゃんがいるはずでござる」

「硝子ちゃんと仲良く釣りをする姿を見たい」

「釣りをしてるらしいって話だもんな」

「そのSSを撮ってみんなで作る本の資料にするんだ。ニンニン」

……俺のファンクラブを自称する連中であるのは何となくわかった。

隠れて見ているのか。接触もNGだけど隠れて見られるのも勘弁してほしいな。

このスキル、かなり便利だな……本当に。気配察知も完備か。

あまり目立つ接近をしてきたら注意しようと思ったけど……新スキルを使って驚かせてみるか。

「ハイディング・ハント」

フッと俺が半透明になって移動する。

「き、消えた⁉」

「絆ちゃん、目立ちたくないって事で姿を消すスキルを習得したのか？」

「それにしたって隠蔽系《いんぺいけい》の難点である影や僅《わず》かな足音すらしてないぞ。俺の気配察知スキルでも見つからないって所を見るに帰還アイテムでも使って城に戻ったんじゃね？」

んー……結構隠蔽能力が高めの潜伏スキルみたいだな。足も少し速くなるのがわかる。

検証はこんな所で良いか。

とにかく、港の栈橋で釣りをしようっと、ファンクラブの連中をまいて栈橋に到着した。

……一人で釣りをするのもなんだし、クリスとブレイブペックルでも呼び出して一緒に釣りをしよう。

と、俺はペックルを呼び出して釣りを指示し、夜釣りに勤しんだのだった。

ヌシとか大物は釣れなかったけれど、今までと特に感覚の変化はなく釣りをする事が出来た。

フィッシングマスタリーを再習得する事の条件を満たしたし、習得すると前よりも釣竿《つりざお》の動きのキレがよくなったような気がしてきた。

ちょっと腕が上がったような気分。

そんな感じで息抜きの釣りを終え、夜がかなり更《ふ》けた頃に俺は改めて城の部屋に戻り就寝した。

翌朝……奏姉さん、らるく、てりすが——蒸発した。

五話　分業作業

『現在この方の電源が切れているか、電波の届かない所にいるため、お繫《つな》ぎできません』

奏姉さんの姿が見当たらないのでチャットを送ったらこんなメッセージが返ってきた。

「大きなブレイブペックルが召喚できない……姉さん、色々と気に掛けてあげたのに恩を忘れて高跳びとはとんでもない奴だー」

「そうだそうだーお姉ちゃん酷《ひど》いよー！」

俺と紡は姉さんが朝食を用意するはずなのにいない状況でそう発言する。

もちろん、違う事はわかっている前提でのネタ発言だ。

「えーっと……さすがに違うのではないでしょうか？」

「奏殿はそんな恩知らずじゃないでござる」

「……そう？」

しぇりるは工房に籠《こも》りきりだったから姉さんの事はあんまり知らないので反応に困る顔をしている。挨拶《あいさつ》はしたけどさ。

「まあ、絆くん達の様子から考えてネタで言ってるように見えるから本気で答えなくても良いと思うよ」

「まあねー」

　奏姉さんがいないために今朝は俺が料理をする事になった。

　もちろん俺は昨日の夜に釣り上げた魚を焼いた焼き魚定食としてみんなに振る舞ったぞ。

　それと姉さんが作り置きしておいた品を数品。

「マジレスすると、アルトみたいに姉さんもついに昔のフレンドに呼ばれたってところかな？」

「だろうね。元々彼女には行方知れずのリーダーがいたわけだしね……おそらく彼女に呼ばれたのだろう」

「あ、その人と知り合い？　らるくとてりすも？」

「ああ、人柄は良いと思う。顔が広ければ間違いなく知っている有名人だよ。らるく達の方はオルトクレイさんが関わっているんじゃないかい？」

　ロミナの知り合いでもあるっぽい。

　まあ、俺たちの中だとこの場にいないアルト以外で顔が広いのはロミナだもんな。

「彼女は絆くんも声くらいは聴いた事のある人物だよ」

「へー……」

「考えてみれば、どことなく絆くんと似ている所があるかな」

誰だろ？　パッと出てくる気がしない。

何にしても姉さん達は行方知れずになったたって事で、どこかでまた連絡してくるだろう。

後々アップデートで追加される場所にいるんだろうしな。

「それで絆くん。昨夜の放送で流れたユニークスキルは絆くんが取得したという話だったね」

「ああ、唯一スキルで狩猟具って名前だった。武器としてはこんな感じ」

と、俺は武器を取り出してみんなに動きを実践して見せる。

「武器チェンジの隙《すき》がほとんどないね。いろんな武器をコロコロ変えるお兄ちゃん向けって感じだね」

「確かにそうですね」

「武器の形状変更は硝子くんが持っている大鯰《おおなまず》の扇子も似たような力は持っているけどね」

「より変化に特化した武器って感じかな。とりあえず初心者用って事だから強化なり強い武器に乗り換えなり出来ると思うんだけどロミナ、見てみてくれないか？」

俺はロミナに狩猟具のコアを差し出して見てもらう。

どうやら受け渡しは不可な装備品らしいけど、確認は出来る。

「ふむ……なるほど、こんな独自ギミックのある武器が存在するのだね。唯一って事は絆くん専用の武器という事になるのだろうけど」

「アップデートを繰り返すうちに廉価版《れんかばん》みたいなのが出るんじゃやない？」

「そんな元も子もない。ロマンに水を差してどうするんだい」

ロミナに注意されてしまった。

ノリに合わせないのは無粋かな、やっぱり。

「ちょっと羨《うらや》ましいでござる」

「他に無いかみんなで探して取得すればいいんじゃないか？　いろんなスキルを取ってたら見つかるかもしれないぞ」

「条件がかなり厳しそうだけどね。そこまで手広く器用貧乏と呼べるくらい取っていたのなんてお兄ちゃんみたいな人だけだと思うな」

「そうでござるな。やっぱりゲームの方向的に色々と手広くするのが大事そうでござる」

まだまだ考察の余地はあるって事かね。

運営的にはセカンドライフを売りにしているからプレイヤーが様々な経験をする事で有利になるかもしれない、みたいな感じなんだろう。

「お？　どうやらこの狩猟具という武器の要《かなめ》となる器の部分も生産できそうだ」

ロミナが色々と調べている間にわかったようだ。

「作れるって事は武器の量産が出来るって事？」

作れるなら他のプレイヤーにも渡せそうだ。

唯一スキルとはなんだったのか？ って疑問が脳裏を過《よぎ》るがロミナは首を横に振る。

「いや、ヘルプに追加されたのだけどどうやら該当スキルを所持した人物が依頼をした時のみ鍛冶《かじ》画面に作成項目が出現するようだ。出来上がった武器も絆くんしか使えないという事だね」

うわ……他のプレイヤーを介しても俺にしか所持させない武器種って厄介《やっかい》だな。

カニ装備じゃないけど、完成品が簡単に金銭で手に入るのは楽なんだ。

それに比べると必要な素材を集めて作ってもらうって作業は結構しんどい可能性が高い。

う～ん、ユニーク武器の難点って事かね。

「作成難易度も相当だね」

「厳しそう？」

「いや、これは非常にありがたい話で、私の鍛冶経験値が大きく稼げそうだ。願ったり叶《かな》ったりだよ」

おお……それは助かる。

「差し当たって……難度が恐ろしく高いけれど一番強そうな狩猟具は魔王四天王素材で作るやつだね。ギリギリ絆くんと闇影くんが持ち帰った素材で作れそうかな。要《かなめ》のアクアジュエルがあってよかった」

「魔王軍侵攻イベントは硝子の方も快勝だったけど？」

「……」

しぇりるがここで沈黙しながら見つめてくる。

波で活躍したんだから気にしないでくれ！

しばらくはドヤ顔で固定でも良いからさ。

「生憎《あいにく》ドロップ品がギリギリ足りない。またどこかで素材を手に入れる機会があったら作ろう」

「私たちも色々と品は手に入れていましたけれど、足りないのですね」

「ここは運の問題だからしょうがないよ。四天王の再戦とか楽しみだね」

「そもそもの問題として四天王素材はそれぞれが権利を持ってるだろうしな……闇影、良いのか？」

俺と闇影が持ち帰ったとすると水の四天王素材だろう。

「拙者《せっしゃ》は問題ないでござるよ。絆殿の強化に使ってくだされ」

「そうか？」

「激レア装備やスキルの試しと言ったら一種のイベントみたいなものでござるよ」

「あー、確かに」

滅多に手に入らない装備をギルドメンバーが手に入れたら見せてもらう的なやつだ。狩猟具とか、まさにそのパターンだよな。

「作れるのは蒼海《そうかい》の狩猟具という武器のようだ。早速作るとしよう。子飼いにしている鍛《か》冶《じ》仲間と連携して作るので待っていてくれたまえ」

というわけでロミナは工房に行き、知り合いの職人を集めて早速武器作りを始めてくれた。

「よーしみんな！　今回は非常に珍しく難しい武器作りだ。一緒に連携して作り上げよう！」

「何を作るか見当もつかねえけどすげぇ予測が出てるのわかるぜ」

「声を掛けてくれてありがたい！」

「ユニークスキル獲得者って島主だったんだな」

「よし！　行くぞー！」

鍛冶職人としてトッププレイヤーであるロミナが声を掛けて職人が集まり、カンカンと鍛冶仲間同士での連携ミニゲームが始まっていく。

俺たちは技能持ちじゃないのでどんな事が行われているのかよくわからないけれど、

各々《おのおの》担当で何かを打ち込んでいる。

凄《すご》い集中力でロミナが持ち込んだ素材が形となっていき、並行して別の職人がパーツを作り出していく。

「そういえば日本でも昔、分業作業で鍛冶は行われていたそうですよ」

「鋳造《ちゅうぞう》に始まり、鍛冶、刃付け、柄、組み立てから銘を付ける作業とかでござるな。生憎《あいにく》拙者《せっしゃ》もそこまで詳しくはないでござるが」

「へー」

「……みんなで作ると作成難度が下がって失敗のリスクが減る。専門じゃなくても作れるものが増える」

しぇりるがそんな補足をしてくれる。

このあたりも連携スキルの凄い所なんだろうな。

人間一人で出来る事は色々と限界があるって事なんだと思う。

やがてロミナ達は鍛冶を終えて武器が完成したようだ。

「おお……こりゃあ良い鍛冶経験値になったな」

「ロミナ、サンキュー。アプデ直後にここまで経験値を稼げるって助かるぜ」

「それはこっちの言葉だな。私からも礼を言う。まだまだ作るからな！　お前ら！」

「おうよ！」

と、鍛冶師《かじし》みんなが作業を再開する中、ロミナは俺たちの方へとやってきて青く透明な水晶玉みたいなものを俺に差し出した。

海の青さを閉じ込めたような綺麗《きれい》な青い……うん。凄《すご》い代物だって一目でわかる。

装備スロットに付けたやつがそのまま反映はされているっぽい。

蒼海《そうかい》の狩猟具　☆
□（銛《もり》専用スロット）
■武奈伎骨《うなぎぼね》の釣竿《つりざお》
■青鮫《あおざめ》の冷凍包丁〈盗賊達の罪人〉
■高密度強化エネルギーブレイドアタッチメントV
専用効果　水属性強化　銛カテゴリー武器倍率アップ　蒼海の導き

これに切り替えるだけでガクッと全武器の性能が上がるみたいだぞ……単純に凄いという言葉しか出ない。

スロットが増えているなぁ。

語彙《ごい》が貧弱に思えるだろうけどそれだけ強化された品って事だ。

ただ、この狩猟具はどうやら銛と相性がいいみたいだ。

専用のスロット枠が増えている。

銛か……確かに銛の方が海の狩猟感あるよな。

しぇりるのお古《ふる》の装備とか貸してもらうと良いかな？

そう思ったところでロミナが察してリザードマンの槍《やり》という武器をオマケで渡してくれた。

これを使えって事ね。槍なのに銛でもあるのか……リザードマンの槍をセットしておく。

「とりあえず一番強いのを真っ先に作った。後は君が私たちに依頼したという事で作れるものは一気に作らせてもらう。経験値を稼ぎたいので頼まれてくれ」

「わかった。どんどん作ってくれ」

「うむ、感謝する。出来上がったものは城の倉庫に入れておくので君だけの装備だけど好きに取り出してくれ」

「ありがとう」

「何となくだが……まだ強化発展するような気配がある。素材が揃《そろ》ったら強化しようじゃないか」

「そんな事までわかるんだな」

「ツリーが見えるのでね。該当素材が判明すれば出来るはずだ」

よくあるゲームのパターンだな。

今の段階で相当強力だというのに恐ろしい話だ。

「では私は作業に戻る。また来てくれ」

そう言ってロミナも作業に戻ってしまった。

「じゃあ邪魔したら悪いから行こうか」

「ですね。出発しましょう」

「どこへ行くでござる？」

「行ける場所が増えたわけじゃないんだよねー隠しであるかもしれないけど」

そこなんだよな。

波は終わったけれど大規模な拡張が行われたわけじゃない。

それなのに波に備えた準備って事で今までの狩場を巡って実績は稼いでいる。

「魚竜を倒しに行くのと……ミカゲ辺りで稼ぐのとどっちが良いかってところか、カルミラ島のダンジョンの更に深い所に挑むのも良いな」

初期化されてしまったフィッシングマスタリーの熟練度自体はカニ籠《かご》回収でサクサクと取り戻せる。

アレはみんなに不評だったし、俺が個人的にやる予定だ。

主宰者のアルトもいないしな。

けれど今は狩猟具の実験をしないと始まらない。

「ミカカゲの奥が気になりますし、そろそろ本格的にクエスト攻略するのはどうでしょうか？」

「そう」

「サンセー。お姉ちゃんがいたら引き付けて耐えてもらうのにねー」

まあ……奏姉さんが陣形を意識して戦おうって色々とレクチャーしてくれたのに肝心の姉さんがほとんど一緒に戦ってないもんな。

「今の拙者《せっしゃ》たちからしたらそこまで苦戦はしないはずでござるよ。アプデで少しだけ上昇した熟練度稼ぎにも丁度良いでござろう」

「歯ごたえのありそうな敵と戦いたいね」

「まずは絆さんのスキルを試しましょうよ」

「そうだね。出発しよー！」

というわけで俺は新しい武器とスキルへの期待を膨らませながらミカカゲへと戻ってきた。

†

「手始めに渓流辺りで戦ってみましょうか」

「そうだな。あんまり先に行くとどれくらい強くなったのか判断できないし」

ミカカゲで高速移動の乗り物に乗る際に目的地を定める。

河童を釣り上げる事が出来る渓流に再度向かう。

この辺りの魔物が確かに手頃といえば手頃だろう。

他のプレイヤーもチラホラ見かけるけれど、狩場に困るというほどはいない。

そんなわけで赤鉄熊《せきてつぐま》と早速遭遇したので俺は武器を取り出して構える。

銛《もり》はしぇりるほど扱えないので手に馴染《なじ》んだ青鮫《あおざめ》の冷凍包丁〈盗賊達の罪人〉でどれくらい攻撃力が上がったかを確かめるとしよう。

「それじゃあ絆さん、試してみましょう」

「おうよ！」

俺は接近してくる赤鉄熊へと意識を向けて構えたのだけど……。

「ガァァァ……ァァァアアアアアアア」

走ってくる赤鉄熊が異様に遅く……スローモーションで近づいてくるのを何度も瞬《まばた》きをして確認してしまった。

なんだあの遅さ……バグ、ではないよな。けどいくら何でも動きが鈍重《どんじゅう》すぎるだろ。

振り返ると硝子たちは静かに見守っている。

俺がどれだけ出来るか期待している目だ。

とりあえずスキルを使わずにどれだけ行けるか実験しよう。

動きの遅い赤鉄熊に駆け寄って一振り。

スパ！　っと軽い手応《てごた》えがした後、赤鉄熊は一瞬でＨＰがゼロになって倒れてしまった。

「え？」

ズシンと倒れるポーズを取る赤鉄熊に俺は持っている冷凍包丁と赤鉄熊を交互に見てしまう。

「これは……」

「おー……」

「お兄ちゃんが異様に速く近づいていって一撃で仕留めてたね」

「ブラッドフラワーか新スキルでござるか？」

「いや……普通に近づいて軽く振っただけなんだけど……」

硝子たちが何度も瞬きして驚きの表情を浮かべる。

「これは凄《すご》く強力なスキルだったという事ですね」

「お兄ちゃんの話だと単純に攻撃力が70％アップって話だけど、計算式の倍率の良い所なんだろうね。専用枠の武器にしたわけだから元々強力な武器が更に強化されちゃってる状熊かな」

「……そう」

「装備ゲー感出てきたねー」

「もう絆殿は止められないでござるな。次の波が楽しみでござる」

桁違《けたちが》いの攻撃力を俺は手に入れたって事なのか？

硝子たちは類《たぐい》まれな戦闘センスで乗り切るところをスキルに頼りきった脳筋の一撃で赤鉄熊を普通に切るだけで仕留めてしまったと。

「と、とりあえず解体をしておくな」

赤鉄熊の素材を確保するために解体も行う。

サクサクと解体は出来た。技能が再習得になっているけど狩猟具のスキルに内包されている補正で全く困ってない。

「赤鉄熊が一撃では判断に困りますね。もっと奥の方で実験しましょう」

「お、おー」

って事で俺たちが行けるミカカゲの奥地まで到着し、出てくる魔物に俺は武器を振りかぶる。

案の定俺一人で瞬殺できてしまった。

「狩猟具ってスキルのぶっ壊れがすげぇ！」

何度か交戦してわかったのだけど、どうやら戦闘態勢に入ると俺に加速が掛かっているようで俺は周囲や相手がスローに感じるようになっている。

あれだ……システムでプレイヤーごとに認識できる時間を弄《いじ》っているんだ。

硝子たちの1秒が俺には1・5秒や2秒になるような調整。

カルミラ島のダンジョンの5日が外では1日となる設定と同じ代物だ。

運動神経の悪い俺でも硝子たちのように戦えるアシストが働いている。

「絆さんが一晩で達人の域になっちゃってますね。とても素早いです」

「スキルの恩恵が果てしないな」

「絆殿……火力が桁違いに上がりすぎでござるよ」

「お兄ちゃんの一人無双状態だよ」

ここまでぶっ壊れスキルを得て大丈夫なのか不安になってきたぞ。

「こんなスキルが無いといけないほどの敵とかが想定されてる可能性を思うと怖いな」

今の俺基準で戦うべき相手が出てきたら怖いにも程がある。

ちなみに騎乗ペットは俺の能力に比例するので高速で動いてくれるぞ。

ペックルは別ステータスなので反映されていない。

「ちょっと怖い話でござる」

「後半は即死ゲームだったらスピリットは大変だね」

あー、ゲームあるあるだよな。

難易度が選択できるゲームにありがちなんだが、難度が高いというより当たったら終わりなのが結構あるんだ。

で、俺と硝子と闇影はスピリットなのでエネルギーを全損すると取り戻すのに途方もない時間が掛かる。

そうならない事を祈るばかりだ。

「とりあえずお兄ちゃんが強くなったみたいだし、町で受注できるかなり難しい類《たぐい》の討伐クエストをやって先に行っちゃおうか」

「そうだな。歯ごたえって意味でいくと良いかもしれない」

「了解ー」

「絆さんがとても立派になって……私も負けていられませんね」

「システムに助けられてるんだけどな」

「インフレが激しいでござるよ。強力な武具を見つけるべきでござる」

「この感じだと今回のアプデで色々追加されてるだろうしね」

「そう」

俺だけ性能が伸びすぎてるのは同意する。

とんでもない能力差だ。ユニークスキル様々だな。

とはいえ、こういうのって割とすぐに同等の装備やスキル、アイテムが出てくるんだよな。

職業のあるゲームとかだと派生職業が出てきて賑《にぎ》わうんだけど、追加装備を付けると結局既存の職業の方が無難、とかな。

だから最強感を体験できるうちに体験して、クエストクリアや素材集めをしておこう。

って事でミカカゲの湿地帯周辺で出来る討伐クエストを受けて高速で魔物を見つけては即座に倒して達成していった。

「次はインスタンスダンジョンと鉱山にいるボスを倒してこいってやつだね。ただ……日も暮れてきたし今夜は一泊しようか」

「了解。じゃあ俺は設置していたカニ籠《かご》も採取して再設置してくる。宿に泊まるのとペックルハウスだったらどっちが良い？」

「温泉に入りたいし、キャンプは明日で良いでしょ」

「紡殿に賛成でござるな。今日は宿が良いでござる」

「そう」

「了解ー硝子もカニ籠の再設置ついてくるかー?」

「ご一緒します」

って事で俺たちは湿地帯に設置したカニ籠の中身を回収したぞ。

お？　ドジョウが入ってる。他にカタツムリ……タニシもあるな。

カニ籠《かご》を回収したお陰でフィッシングマスタリーが2まで再習得できるようになったぞ。

「今日の絆さんは驚きの連続でしたね」

「俺も驚きだよ。まさかここまで能力が上がるなんて、問題として人型魔物が出てきたら完全に足手まといなんだけどな」

99％マイナスなんて完全に足手まといだ。

「ダークネスリザードマンとかでしょうか？」

あー……確かにそのあたりは狩猟具のマイナス補正でダメージが入らなくなってそうだ。

トカゲなのか人なのか判断が怪しい……検証はすべきだとは思う。

「仮に攻撃が通じなかったらルアーダブルニードルでデバフをばら撒《ま》いて硝子たちの援護をするさ」

「そうですね。私たちは一人じゃありませんものね」

「後は……ハイディング・ハント」

隠蔽《いんぺい》スキルを使うと俺と硝子がフッと半透明になりこっちに気付いて近づいてきていた魔物が俺たちを見失った。

武器を釣竿《つりざお》に変えてルアーをぶつけてみる。

ブシュ！　っと派手なエフェクトが発生して魔物を仕留めた。

「会心の一撃が出せるみたいですね」

「みたいだな」

あれだ。ゲームとかだと暗殺者とかが使う攻撃みたいなやつ。

バニシングアタックとかアサシンキルみたいな感じ。

ハントって所から狩猟する際の奇襲攻撃って意味でのスキルなんだと思う。

隠蔽状態で行動できるってのも無意味な戦闘を避けられるから便利だ。

「大体狩猟具ってスキルの全容がわかってきた感じだな」

戦闘補正がぶっ壊れで狩猟関連、釣りや罠《わな》なんかも据え置きで新しくスキルを習得して重複可能。

ゲーム内で一人しか取得できないのに納得の性能だ。

バランスが壊れているので下手なところで他プレイヤーに見られたら嫉妬で粘着されそう。

「私も会心の一撃が出せるのでしょうか？」

「どうだろ？　ちょっとやってみようか」

「はい」

って事でクールタイムが過ぎたのでハイディング・ハントを使用して隠蔽《いんぺい》状態になったところで硝子が魔物に近づいて攻撃をする。

するとと俺を含めて隠蔽状態が解除されてしまったけれど、派手なエフェクトが発生して魔物に大ダメージが入って仕留める事が出来た。

「中々強力ですね」

「ルアーダブルニードルと組み合わせられたらいいのだけど……別スキルを使ったら解除されるっぽい」

攻撃行動や別スキルを使うと隠蔽が解除されてしまうようだ。

「どちらかが掛かっているだけで十分ですよ」

確かに……これ以上の火力を検証してもキリがないか。

「それじゃあ帰りましょう」

「ああ」

って事でカニ籠《かご》を再設置した俺たちは宿に戻り、温泉に入ってゆっくりした。

「それじゃあ絆さん。おやすみなさい」

硝子と温泉に一緒に入って前回と同じく景色を堪能しながら何気ない雑談をした。

しっかりと温泉に浸かって本日の疲れ……新スキルの興奮で全然俺は疲れてなかった。

「おやすみ。明日もクエストだし、頑張ろうー」

「ええ、ではまた明日」

硝子はカニ籠の設置に付き合ってくれたから夜釣りに付き合わせちゃ悪いよな。

このまま寝るって形で俺は硝子が部屋に入っていくのを見届けた。

†

「さーて！　今日も今日とて夜釣りー」

で、寝る前の日課となっている夜釣りに俺は出かけて湿地帯で釣竿《つりざお》を垂らす。

いやーこの辺りの魔物が雑魚《ざこ》なので接近したら釣竿を振りかぶってぶつけるだけで良い。

前回できなかった場所での釣りが出来るぞ。

「ふんふんふーん」

って感じで鼻歌交じりに釣竿を垂らしていると……ズモモっと音がして少し離れた所に
……なんか地面から水で構築された大きな手みたいなものが生えてきた！

「な、なんだ？」

ズイッと高速で手みたいなものが俺に向かって高速で接近してくる。

咄嗟《とっさ》に戦闘モードに入って周囲がスローに感じる中、手を避けて冷凍包丁で斬りつける。

が、手応《てごた》えは無く手みたいなものが俺を捕まえようとのし掛かってきた。

「あぶね！」

咄嗟《とっさ》に覆い被《かぶ》さる大きな手みたいなものを避《よ》けて大きく後ろに下がる。

「なんだこの魔物――」

って思ったところで大きな手みたいなものが三本ほど俺の背後に生えてきてのし掛かってきた。

「こ、これって……」

思うにこれって回避のしようが無いギミックだったんだろうなぁ。

だってあのアクロバットが出来るほどのプレイヤースキルのある硝子や紡、闇影が避けられずに捕らえられたんだし……。

と、俺はよくわからない水で構築された大きな手みたいなものに覆われた――。

六話　開拓地召喚

気付いた時、俺は周囲の明るさに何度も瞬《まばた》きをした。

だって俺の意識では先ほどまで夜だったわけで、突然の日差しという変化に意識が追いつかずにいる。

なんか砂地に寝転がっているような感覚。

咄嗟に手を伸ばす。

「う……」

何か近くで避けるような歩調が聞こえる。

この感覚……覚えがあるぞ。

「ほ！」

「気付いたわね、絆。いきなり呼びつけて悪いわね。ちょっと手伝ってほしいのよ」

ぶんぶんと頭を振りながら俺は……周囲を見渡す。

そこはサンサンとした日差しとどこまでも続く砂と青空、そして目の前に……奏姉さんが俺に手を差し出して謝罪交じりにお願いをしている状況だった。

「はぁ……もしかしなくても姉さん、これって開拓イベントへの勧誘？」

「そうなるわね。私も呼ばれた側よ」

「なるほどな。で、ここは一体どこなんだ？」

まだちょっと意識がぼんやりする。

体感的には先ほどまで夜だったので意識の切り替えが出来ていない。

「プラド砂漠だそうよ」

砂漠ってそんなイベントがあるのか。

たぶん、カルミラ島と似たような感じの場所なんだろうけど。

「いきなり呼びつけて申し訳ないのじゃ。事前にお願いできれば良かったんじゃが……」

と、どこかで聞いたような声がする。

声の方を見ると、俺とほぼ変わらない背格好の……女の子が立っていた。

種族は紡と同じ亜人種で……キツネっぽい。

尻尾《しっぽ》もふわふわのそれっぽい感じのキャラクターデザインだ。

和服を着ていて中々の見た目をしている。

おー、語尾がのじゃでロリ風のキャラデザなだけに、かなりステレオタイプな狐娘《きつねむすめ》って感じ。

のじゃロリ狐耳ババァって奴？

結構いろんなゲームをやってきたつもりなので、こういうキャラデザも見た事がある。人気の属性、デザインってヤツだな。

「おぬしが奏の血縁者でカルミラ島の島主をしておる絆さんじゃな」

「ああ。まさか俺が呼ばれるとは思いもしなかったよ」

まあ、自分でいうのもなんだが俺も有名プレイヤーって事で、呼ばれる可能性がゼロだったわけじゃない。

カルミラ島のイベントをクリアしたプレイヤーでもあるわけだしな。

らるくからもそれっぽい事を言われたけどここまで早いとは思いもしなかった。

「そこは……」

「私が指名したのよ」

姉さんが胸を張っている。やっぱり姉さんの所為《せい》かよ。

まあ、このイベントの理不尽さを知らないわけじゃない。

硝子たちを散々呼びつけて巻き込んでしまったんだ。

俺の番が来たと思って納得しよう。

「じゃあ島主……この砂漠の所有者はアンタで良いのか？」

「そうじゃ。わらわがおぬしを呼んだ。悪いとは思っておるがどうか力を貸してくれんかの？」

「話はわかった。それで、え～っと……」

俺はそう言って、この人の名前を確認する。

俺の名前は絆†エクシードって結構恥ずかしいプレイヤーネームでみんなは絆って呼んでくれるわけだけど、目の前にいる狐娘《きつねむすめ》は……知っている人だ。

いや、実際に話をした事があるわけじゃないけど、知っていたというかなんというか。

声と口調からして最初の波からカルミラ島の波まで戦場指揮をしていた人の声なんだ。

なるほど……ロミナが俺も声を聞いた事があるってこの人だったのか。

で、直接話をするのは初めてだけど……この人の名前がとんでもなかった。

プレイヤーネーム　m9(^Д^)

あれだ。

指を向けられて笑われているんだが？

所謂《いわゆる》、某ネット匿名掲示板発祥のＡＡというやつで、顔文字とかそういう言い方も出来る。

で、この『m9(^Д^)』というのは相手を嘲笑《あざわら》っているよって感じの意味の顔文字だったはず。

こう……どう呼べば良いんだ？

非常にコメントに悩むネタネームだ。

このゲームだと初めてのタイプだな。

「なんじゃ？」

「アレでしょ。名前。やっぱ初対面はみんな反応に困るわよねー」

姉さんがわかる、と何度も頷《うなず》く。

わかってるなら気を利かせてくれよ！

「ああ……その事かのう」

「えっと……」

「これには非常に深い理由があるんじゃ」

「深い理由とは？　俺みたいな感じ？」

アレか？

どこぞの姉妹にアバターから何まですり替えられて完全に別キャラクターでのログインをしてしまった俺みたいな感じで誰かに変な事をされてしまったとかだろうか。

「絆はともかく、ノジャ子は毎回説明から入るわよね」

「わらわだってこの名前に関して思う事があるのじゃ！」

「何？　もしかしてこれも姉さんが原因だとか言うの？」

俺だけならともかく、他のプレイヤーにもいたずらをしていたのか！

リア友的な間柄《あいだがら》みたいな奴。

「違うわよ！　私だってノジャ子のリアルは知らないわよ。知ってるのはその奇怪な名前がどうしてそうなったのかって話よ」

さすがに姉さんもそこまで酷《ひど》くはないか。

「で、その名前の理由って？」

「うむ……実はの、このアバターをわらわは力を入れて制作していたのじゃが――」

と、m9(^Д^)さんは語り始めた。

もの凄《すご》く作り込まれた俺の姿並みにクオリティの高いアバターをこの人は日々徹夜して作り上げたらしい。

で、やっとのこと満足したアバターが出来上がった後の事……完成時の深夜のテンションの時に色々と名前を付けては消してを繰り返して設定を作り上げていたそうだ。

ディメンションウェーブは参加時にプレイヤーネームの候補を複数挙げる事になっている。

同名の名前をＩＤで管理しても良さそうなのだけどそこは重複禁止で行われている。

俺や姉さん、紡は名前の後ろに†とエクシードを付けて完全に重複避けをしてるので一発で通ったけどシンプルな名前は重複しやすい。

有名なアニメやゲームのキャラクター名は間違いなく被《かぶ》るだろう。

そうしてm9(^Д^)さんも名前の候補を挙げたそうだ。

「それがその名前だと」

「しっかり確認しろとあの時のわらわを殴り飛ばしたいのじゃ」

謎のネタネームを入れたりして迷った挙《あ》げ句《く》……最終的に別の素敵な感じの名前を入力した。

「さすがにこれは無いのじゃー！　アハハハ！　プギャーっと寝不足のハイテンション状態のわらわはパソコンで名前を消して別の名前を入力したはずなのじゃ。まさか保存を忘れていたなど、微塵《みじん》も思わずにの！」

つまり……自爆したわけね。プログラムの終了をする際は保存、大事。

俺みたいに事前にデータをすり替えられたのとは違って完全に自業自得だった。

恐れるべきは達成感と眠気、深夜のテンションなのだろう。

「大体がプギャ子とか、ノジャ子って呼ぶわね」

確かにその顔文字はプギャーと通称呼ばれる代物だもんな。

で、見た目可愛《かわい》い女の子だからプギャ子って事で呼ばれてるのか。

ノジャ子は普段の口癖から付いたあだ名かな？

「この名前でＩＮしてしまってどれだけ弄《いじ》られた事か！　散々なのじゃ！」

それはまあ自業自得……と切り捨てたらこの開拓業務でギラついた関係になりそうだし、黙っておこう。

こういう失敗は誰にだってあるものだしな。

しかし、なんて呼ぶか。

エムナインさんとかでも良い気がするがちょっと違うよな。

「えーっと、それじゃあエムナインはどうかと思うし顔文字さんって呼ぶよ」

硝子だったら言葉を選びながらそう呼びそうだからな。

「ほう……おぬし、性格は良さそうじゃな。さすがはカルミラ島の島主じゃ」

「……はぁ」

別に島主だからって性格が良いとは限らないと思うけどな。

「ともかく、改めて自己紹介としようか。俺は絆。姉さんのリアル弟で、知っての通りカルミラ島の島主だ」

「うむ。わらわはおぬしの呼び方で顔文字じゃ。このプラド砂漠の主《ぬし》という事になり、一応はとあるギルドのマスターじゃった」

「確か奏姉さんの話だと上位ギルドだったんだっけ、ディメンションウェーブイベントの時にも声は聞いた」

なんかそういった話を聞いた気がする。

俺たちが島で開拓している間はトップ勢のリーダーだったとか。

「そういう自負はギルドメンバー達にはあったじゃろうな。わらわも高難度の狩場などでみんなと共に強力なボスを倒したりしておった」

まあディメンションウェーブイベント時の指揮や伝達能力、作戦行動とか考えるとかなり真面目に取り組んでいる人って印象がある。

こういうコミュ強って現実でも強いけど、多人数が有利に働くＭＭＯだと尚のこと強いんだよな。

そう考えると……初対面の相手には自分の酷《ひど》いプレイヤーネームを話のネタにしつつコミュニケーションを図れるという意味で、実は悪くないネタネームなのかもしれない。

「わらわが専攻としているのは回復とバフ系のヒーラーじゃ」

ああ、姉さんが言ってたな。凄腕《すごうで》のヒーラーはこの人か。

パーティーでの連携って話だと俺たちのパーティーで致命的に欠けている人材にして、オンラインゲームで欠かせない回復役だ。

スピリットは媒介石分の効果しか回復魔法は掛からないけど効果は大きいだろうなぁ。

ガチ戦闘組って感じだろう。

「とはいえゲーム開始前にやりたいと思っていたのは農業じゃ。建築も多少囓《かじ》っておる」

おや？　そこそこ趣味人みたいな感じだろうか？

そういえば顔文字さん、全体的に和風狐耳《きつねみみ》魔法使いっぽいけど、農夫みたいな装備をしている。

一流戦闘ギルドのマスターがそんな考えとは意外だ。

いや、むしろこのゲームのシステムに理解が深いって事かもしれない。

ステータス画面に表示される部分以外にも隠しステータスや経験が影響している所があるしな。

姉さんを見ると……。

「誰も彼もアンタみたいに最初からネタプレイなんてしないのよ。しっかりと戦って稼げるようになってからサブ要素に手を付けたりするものでしょ」

まあ、この手のゲームでいきなり釣り専門プレイなんてせず、魔物相手に戦ってそれなりに強くなって稼げるようになってからサブ要素に取り組むってプレイはわからなくもない。

俺の場合は姉さんや紡が稼いで強くなった後に引き上げてもらう予定だったし、二人もその予定だった。

「田舎で1から開拓するというのは夢じゃったんじゃが色々と忙しくてのう……」

どうやら最初からエンジョイ気質のある人だったみたいだ。

ただ、円滑にゲームをプレイする軍資金が欲しくて戦闘を優先した感じか。

そうこうしているうちにパーティー、ギルドが大規模化していって農業をやっている余裕が無かったとかだろう。

「じゃあ開拓イベントはモロ好みだったわけか」

「そうじゃな。隠されたイベントを見つけて開拓地を得た時はとても嬉《うれ》しかったものじゃ」

と、顔文字さんは背後に広がる……砂漠のオアシスとその周囲にある建物を見せる。

オアシスの近くには畑が沢山あるようだ。

「そんな一流の人がなんで俺に？　姉さん経由なのはわかるけど……親しい友人から優先して呼んでいったりするもんじゃない？」

効率主義で使えそうな人材を呼んでいった結果、姉さんが最終的に後回しになったとかじゃないのか？

「こう……姉さんって闇影枠だったんだーとか紡が言ってたし」

「ちょっと絆。闇影ちゃんの噂《うわさ》は知ってるけど私をその枠扱いしないでよね！」

見知らぬギルドの人たちとの開拓生活といっても俺が出来る事なんて釣りくらいなもんだ。

いや、開拓を促進するために効率の良い人材で俺が呼ばれたとか……か？

姉さんがいるといってもな……アルトもいる感じか？

「あ、そうそう。ならアルトも呼ばれてる感じ？」

「おぬしのギルド専属をしておる商人じゃな。呼んでおらんぞ？　奏にも聞かれたの」

「ええ、来てないわよ」

「え？　アイツ、呼ばれてないの？」

俺の質問に顔文字さんと姉さんが頷《うなず》く。

じゃあ別の開拓地に呼ばれたって事か？

いったい何個あるのかわからないけど……いや、開拓時にあった宝箱のボタンを思い出すに四箇所はありそうだ。

あくまで可能性だけど。

「商人は別に候補がおったからのう……」

どちらにしてもアルトとは合流できなかったって事で良いか。

「食糧が残り少ないピョン。早く植えないとみんな動けなくなっちゃうピョン」

と、話をしていると……サンタ帽子を被《かぶ》ったウサギが顔文字さんに近づいて声を掛けていた。

そっと視線をウサギに向けていると顔文字さんも気付いて指さす。

「アレはこの開拓地でのお助けキャラであるウサウニーじゃ。カルミラ島でいうところのペックル枠じゃな」

「そうだろうなとは思ったけど……」

腹減ったアピールしてるけど、大丈夫かココ。

「ウサギとブラウニーが力を合わせてーウサウニーになったんだピョン！　っとか言っておったぞ」

ブラウニーも確か妖精だったな。

じゃあ他の開拓地にも似たようなのがいそうだ。

「開拓地にはそれぞれいるって事なんだな。俺は宝箱を開ける際に四つのボタンで魚を選んだらペックルが出てきたんだけど」

「四つ？　わらわが見た時は一つじゃったな」

「……となると先着順か？」

俺が魚を選んだ結果、ペックルが出て残りが三つになった感じだろうか。

農業をしたいのに砂漠とか……運が悪かったな。

考えてみれば海にある無人島でペックルとか、相性的には最高だった気がする。

もしも砂漠でペックルだったら……どこかに釣り場があるか。

多分あのオアシスが希望になるんだろう。

「可能性はあるのう」

となると開拓地は合計四つである可能性が高まるか。

「わらわが見た時は人参のボタンしかなくての。押したらこのウサウニーが出てきたのじゃな」

「なるほど……ウサウニーを使役する場合、雇用していたペックルはどうなった感じ？」

こういったサポートキャラクターって別のキャラクターが加入するといなくなったりする事があるので確認だ。

「帽子が送られてきてこのウサウニーに渡したところ、新しくウサウニーが召喚されて能力が引き継がれた形じゃ」

コンバート機能付きなのか。管轄は別って事なのかもしれない。

で、さっきのウサウニーの報告はこの開拓地の状況報告に他ならない。

食糧不足って事なんだろう。

開拓もそこまで進んでない感じか？

「それでじゃの……友人をという話なのじゃが、ここからは暗い話になるのう……」

と、顔文字さんはこのプラド砂漠で起こった話を語り始めた。

顔文字さんも開拓地を授かった事によって意気揚々とイベントに励んだ。

やがてウサウニーに聞かれてフレンドを呼んでいった。

呼ばれた友人たちもカルミラ島の島主パーティーの如《ごと》く、成功を掴《つか》めるとやる気に満ちた返事が得られた。

結果、砂漠のダンジョンが開かれた。ここまでは順調だったらしい。

得られるドロップ品がカルミラ島で得られる品と大して差が無い事に気付くまでは。

元々前線組を自負するほどの者たちのギルドだったわけで、カルミラ島が開かれた段階でやりこんでいた……既にクリアしたダンジョンと同じ難易度では歯ごたえが無い。

挙《あ》げ句《く》開拓には相応に時間が掛かる。

進めているようで全く進めていないという焦りが開拓メンバーに起こり始めた。

しかもミカカゲへの攻略もあった……どっちを攻略するのが正しいのかという迷いも大きくなっていく。

あっちの方がより俺たちは強くなれたんじゃないか？　って話がよくされるようになっていったらしい。

「わらわも色々と頑張っておったし、徐々に開拓も進んでおったのじゃよ。じゃが外界の者たちの方が高難易度のイベントがあると人を呼ぶたびに装備品から何までここより強力な装備を持ってこられてのう。主にカニ装備に始まった品々じゃな」

……まあ、汎用性《はんようせい》ではカニ装備は相当有名だもんな。

出店は俺たちの所からだったわけで。

「しまいには呼んだところで『型落ち開拓地に呼ぶんじゃねえよ！』と罵倒《ばとう》までされる始末……少しでも遅れを取り戻そうとみんなダンジョンに潜りきりになり、わらわは一人開拓をのう」

うわ……未《いま》だに戦う事しか頭にないって偏ったゲームプレイをしている連中がいるのかよ。アルトが言葉を濁《にご》していたのはこういう部分の事だろうな。

「呼んだ当初は島主パーティーよりも遙《はる》かに強くなれるとやる気を見せていたんじゃがな。あやつら……仕返しに来ても追い返してやると恨み節を呟《つぶや》く者もおったぞ」

……なんか硝子の元パーティーメンバーっぽい奴の話だなぁ。

嫌だなぁ。ここにいるのかよ。

「ノジャ子の指揮とプレイヤースキルもあるけど、変に面倒見が良いからアレな奴らも集まってたのよ。私をリストラした奴も呼んでたみたいだけど」

ある意味、敵対ギルドに俺は呼ばれたのか?

ちょっと不安になってきた。

ちゃんと俺の顔を立ててくれないとストレスで胃に穴が開くぞ。

俺はストレスに弱い虚弱キャラなんだ。多分ね。

顔文字さんはその後の出来事は概要で説明した。

きっとドロドロで殺伐とした環境なんだろう。かなり疲れた顔をしている。

こう……開拓地に閉じ込められるって相当ストレスだよな。

俺も島から出るのに相当時間が掛かったから浦島太郎気分だったぞ。

その中でもカルミラ島が最前線を越えた場所で強力な武具や道具を入手しつつ、魔物とも戦えるからやる気が出ていた。

けど、ここではカルミラ島さえあれば十分って空気が蔓延《まんえん》していたら……サッサと開拓を終わらせたくもなるのがゲーマーの性《さが》か。

「ゴールがわかってるならサッサと目的に向かって頑張りゃ良いのに」

戦う事しか出来ない連中ってのはどうなんだ？　口でなら出来るって言えたとかそんなところか？　それにしたって問題ないか？

「そこでも問題はあるのじゃが、まずはメンバーの問題からじゃ」

何か問題が起こっているけど、そこは俺を呼ぶ状況とは別と。

「後から来る者の方が強くなっている状況でドンドン空気が悪くなって」

そんな矢先に起こったのが魔王軍侵攻イベント。

開拓メンバーは免除されてそれなりの報酬が貰《もら》える。

それでも型落ちの開拓イベントに閉じ込められていたわけで。

そういえば顔文字さんを見なくなったのはそのあたりからだっけ。イベント時に指揮をしていた人だもんね。

イベントの関係もあるけど指揮はかなり大雑把《おおざっぱ》な感じになったもんなー……クリアは出来たけど。

「ミカカゲの更なる奥地へ行けるようになったと次に呼んだ者が話したあたりで関係は決定的なものへと変わっていって、みんなわらわの悪口を言うようになったんじゃ」

うわ……それは辛《つら》い。とんでもない針のムシロ状態だろ。

俺も下手すりゃそんな状況になりかねなかったんだよな……知り合い少ないし、硝子たちが気の良い人たちだったから許してくれているだけで。

「開拓は決定的に上手《うま》くいかずに頓挫《とんざ》しておった。どうやっても上手くいかず詰んでいる状況だったのじゃよ」

「何が問題なわけ？」

「それはの――」

「絆、アンタ農業得意でしょ？」

顔文字さんが説明するより早く痺《しび》れを切らした姉さんが間に入ってきた。

待ってましたって感じだ。

「得意ってほどじゃないけど」

「嘘《うそ》おっしゃい！　あの農業特化の頭おかしいゲームをやりこんでいたんだから間違いないでしょ」

確かにそういったゲームをやりこんだ覚えはある。

「そりゃあ農業系のホームページや動画とか書物が攻略サイト扱いされるようなゲームを

やってたけどさ」

大体の農業ゲームって地面を掘ってタネを蒔《ま》いて水を与えてたら育って収穫してお金を得られるもんだ。

けど俺がやっていたゲームは他に色々とリアルに近い難しい要素を大量にぶち込んでいたんだ。

そういう部分が話題になって有名になったゲームだしな。

……もしかして俺が姉さんに呼ばれたのってそれが理由か⁉

ウサウニーの食糧ってニンジンだろうから農業で得た作物で働かせるんだろう。

「ディメンションウェーブの開拓要素ってかなり大雑把《おおざっぱ》だよ。カルミラ島は釣りがそうだっただけだし」

釣りで得た魚を与えるだけでペックル達は働いたぞ。

「敢《あ》えて言うとしたら……この開拓地は砂漠故に元々の難度が高く設定されておるのかもしれん。アヤツらも水をやれば良いだろうと手伝いはしてくれたんじゃがな」

ああ……報酬や得られる経験値は据え置きなのに難度だけは高いと。

そりゃあ愚痴《ぐち》も言いたくなるのはわかるような気もする。

「そもそもよ、絆。アンタ釣りする際に釣り具を色々と弄《いじ》ってるでしょ」

「そりゃあね」

姉さんだってそれなりに良い装備してるじゃん。

それと同じだろ。

「同じ事よ。釣りの場合は事前の道具と場所なんか加味されるでしょ。農業にも似た要素があるって事よ」

「それにしたって、それ相応のマスタリー覚えればヒントが提示されるでしょ」

「絆。釣り場での釣り具厳選、スキルでやってたの？」

……やってないな。総当たりだ。

後は水族館とか図書館でのヒントをもとにやっていた。

まあ、スキルだけじゃどうにもならない所があるか。

「かといって農業で問題があるって何があったわけ？」

「想定より収穫が少ないのと上手《うま》く実らないのじゃ」

「まあ……こんな砂漠じゃ農業なんて相当難しいと思うけどさ」

場所も悪いよな。

こんな所で何を植えろと言うのかってくらい、場所が劣悪だろう。

「他にも色々とのう。まずはそこの畑を見てくれんか？」

と言われて、俺は顔文字さんの案内で砂漠にある畑……不思議と農地はあるみたいだ。

「作物の成長はどんなものなんだ？　カルミラ島の作物は数日で収穫できたけど」

一応別枠で作物もある程度育ててはいたんだよな。

あくまでメインではなくサブって形でペックル達に任せきりにしてた。

「そのあたりは同じじゃ。マイホームの家庭菜園でも同様じゃった」

夏の作物……きゅうりとトマトとナスの畑だ。

ちょっと近づいて様子を確認してみる。

枯れてるのが多くて、よろしくないな。

隣にあるのは白菜の畑っぽいけどこっちも発育が良くなくて収穫できるような状態じゃない。

あ、スプリンクラーはあるみたいだ。農業ゲームだとあると便利な品だよな。

罠《わな》カテゴリーみたいで狩猟具に統括されてしまったけれどカニ籠《かご》と同じく作成レシピがわかる。

ちょっと確認するとこの砂漠は拠点にオアシスがある。

そこから水が繋《つな》がっているっぽい。

きゅうり畑も確認。発育不全ときゅうりが実らないままって感じか。

「……この砂漠みたいな場所でうどんこ病に侵されてるとはな」

砂漠って固定観念は気にしなくても良さそうだ。

「何かわかったのかの？」

「農業スキルを取っているならこのあたりはさすがにわかると思うけどな」

開拓地による開拓の七つ道具補正で俺も農業系は多少判断できる。

まあ、別のゲーム知識は元より農家の人に聞いた程度でもあるけど。

「一部はそうじゃったが問題なく収穫できていたんじゃ」

ある程度は大雑把《おおざっぱ》な判定で作物が実ってくれていたって事かね。

ただ、それにしたって畑がメチャクチャって印象しかない。

悪い意味でリアルとゲームの差を見ている気がする。

考えてみればリアルなら特定の気候や場所、状況で発生しない病気でも、ゲームなら発生する場合があるよな。

白菜の畑も確認……枯れてるな。

試しに引っこ抜いて即座に畑に戻して原因判明。

「根こぶ病か」

トマトの方は……枯れてる茎を切断……ドロドロ。

「青枯病《あおがれびょう》……」

「おお、よくわかるのう」

「なんていうか素朴な疑問なんだけど……農業ってディメンションウェーブだとメインコンテンツなのかな？　釣りとのギャップを感じるんだけど」

釣りがサブのミニゲーム要素が強めで不安になってくるくらい、農業系の要素が複雑だ。

正直、リアル農業で発生しそうな作物の病気とか、土地の病気とか、そういうもん入れてくるなよ感まである。

制作者はゲーマーに何を求めているんだろうか。

「そうなのかの？」

「というか……なんでここまで畑が全滅状態なんだ？　スキルLv不足とか？」

「わらわもよくわからん。植えても植えても枯れて育たないのじゃ。最初は上手《うま》くいっていたんじゃぞ。と、話が逸《そ》れておったな」

俺を召喚した理由は姉さん経由なのはわかる気もするか……たぶん、一番詳しそうって事で呼ばれたんだろう。

それ自体は問題ないんだけど……。

「嫌だなぁ……俺の事を敵視してる連中の手伝いとか」

釣りも出来ずに尻拭《しりぬぐ》いは勘弁してほしい。

「そこまで私らも鬼じゃないわよ」

「うむ」

どういう事？

いや、姉さんは普段、割と鬼な気もするとは言えない。

「もうおらんからな、アヤツら」

「え？　呼んだってさっき言ってなかった？」

「アヤツら、突然いなくなったのじゃ」

顔文字さんは経緯を話し始めた。

ギスギスした関係のまま日は過ぎていき、農業は細々だけど進めていて……日々どうにかしようと頑張っているところにこの前の波の予告が砂漠でも確認できた。

すると再度、顔文字さんのギルドメンバーは発狂してイベントに参加できない事を顔文字さんに当たり散らした。

さすがに顔文字さんも心が折れてしまったとの話だ。

しまいにはみんな毎日罵《のの》り合っている始末。

概要だけだけど、本当辛《つら》いなその状況。

「わらわも手の施しようが無くてのう……口だけで手が出せないゲームじゃからな。攻撃されても刃傷沙汰《にんじょうざた》にならない分マシじゃが、そろそろ面倒になってきたと思っておったんじゃ」

これは大らかと言えば良いのか？

攻撃されて……刺さってもダメージ受けないだけでしょそれ。刺されたり殴られたりしたって事でしょ。

スキルの空撃《からう》ちで攻撃されたって言ってるようなもんだ。

心が折れたとの話だが、顔文字さんって割と鋼《はがね》のメンタルの持ち主なのかもしれない。

「で、その翌日の話じゃ。みんな揃《そろ》っていなくなってしまったのじゃ。開拓地内ならチャットが届くはずなのに音信不通になってのう。『この愚《おろ》か者は電波の届かない所にいるので〜』とな」

……その定型文、俺も聞いた覚えがあるな。

何かしらの要素で開拓地から出られたって事なのかな？

適した人材ではないと判断されたみたいな感じで。

どう管理しているのかは不明だけど、運営とかシステムが判断したって感じかな？

「すると最初のサンタ帽子ウサウニーが『誰か会いたい人はいるピョン？』と立て続けに聞いてくるようになっての。様子を見ながら呼ぶ事にしたんじゃ」

「結果、姉さんが呼ばれて俺が呼ばれた感じ？」

「そうなるわね。他にも何人かいるわよ。アンタが知ってる人もいるわ。気を利かせてディメンションウェーブイベント後に呼んだみたいだし、今度は相手も選んでいるから喧嘩《けんか》もしてないわよ」

開拓失敗時のケアまで完備なのかな？

問題プレイヤーは解放されると……それもまた良い事なのかもしれない。

なら一安心。

「ただ、おぬしを呼ぶ時に他とは違う反応をサンタ帽子ウサウニーにされたぞ」

「へー……どんな？」

「『その人と巡り会うと他に会いたい人と会えなくなるかもしれないピョン。それでも会いたいピョン？』って言ってたわよ」

それってメッセージ的に召喚できる人数が減るって暗喩《あんゆ》か？

俺は他の人よりコストが高い的な。

まあ島主だしなぁ……ユニークスキル持ちという可能性もあるな。

「俺を呼ぶ場合はコスト高めって感じっぽいけど呼んで良かったの？」

「そこはアンタの能力を加味して余るから良いでしょ」

ペックルを呼べば人材の不足分は補えるか。

「せめて硝子あたりは一緒に呼んでほしかったけどな」

じゃないと心配しそうだし……硝子は。

隔離されるからなー開拓イベントだと。

「そこは流れ的にアンタを最初に呼んで、次に紡、硝子ちゃんって感じで入力していくでしょ？」

「まあ姉さんのフレンド的にそうだろうな」

「アンタは私を呼ばなかったけどね。で、呼ぼうとしたんだけど呼べなかったのよね。その人とは巡り会えないピョンって、アンタの仲間を呼ぼうとしたけど全滅よ。最初に入力したアンタだけ呼べちゃったのよ」

「なんで？」

「既に開拓イベントに呼ばれたからフラグが立たなかったとかの推測になったわね」

あー……ありそうだな。考えてみると俺は呼ぶ側で呼ばれた事は無かった。

コスト高くても俺は呼べるって事か。

まあいいや。事情はある程度わかった。

メンバー一新でギスギスも無いならある程度は安心か。

……いや、そのフラグ理論が正しい場合、アルトはどこに行った？

まあ、行方不明の理由が開拓イベントとは限らないしな。

アイツならどこでもそれなりに上手《うま》くやっているだろう。

「なんか他に良さそうな子いない？　呼ばれた事が無い子で」

「姉さん、俺のようなコミュ障ボッチに何を期待しているんだよ」

闇影じゃないけど、思えば俺って繋《つな》がり少ないよな。

「農家には聞いたくせに……本当、アンタはなんでそんなに活躍できるのか不思議でしょうがないわ」

「自分でも思うよ。プレイヤースキルの必要なゲームで活躍できたのは珍しいしな」

事実ではある。しかしホームレスしてた姉さんにそんな事言われたくないぞ。

「とにかく農業しなさい！　詳しいのはアンタだけなんだから！」

「俺は釣りをしたくて――あ……嫌じゃ！　野菜なんて摘《つ》みとうない！　農業なんてやりto night!」

「それはわらわの口調じゃろ！」

俺が今やりたいのは釣りなのだアピール。

「あ……ってなによ。言うほど嫌だと思ってないでしょ。アンタ、ウケ狙いで言ってるでしょ！」

まあ実はそうなんだよね。

基本的には釣りがメインだけど、硝子たちと狩りもやっていたわけで……こういう場面で農業やろうぜって求められたら、別にやっても良いって思っている。

そもそも農業ならカニ籠《かご》と同じで、そこまで張り付いてなくても大丈夫だろうし。

「ウケ狙い……これこれよさぬか、ビッグブレイブペックル」

あ、顔文字さん、ノリが良いな。

俺の悪ふざけに便乗して姉さんを注意している。

せめてからかってやろうとしたのにネタを取られちゃったな。

う～ん、さすが大規模ギルドのマスターをしていただけはある。

ノリが良いというか、楽しそうな人だ。

「誰がビッグブレイブペックルよ！」

「姉さん、そこは『よさぬペン』だよ」

「あんたら、初対面の割に息が合ってるじゃないの……私で遊ぶんじゃないわよ。良いからやりなさい！　ノジャ子も絆に教わって覚えなさい！」

「ラジャーなのじゃ！　やりたかったから教わるのじゃ」

「しっかりと仕事したら絆。アンタは好きに釣りでもしてれば良いから。ここにライバルいないし、どこかで釣りでもしてヌシでも釣って遊んでなさい」

「うぇーい」

しょうがないな。最低限顔文字さんに農業を叩《たた》き込もう。

まあ、やる気はありそうだし、戦闘ギルドのマスターやっていたくらいだ。覚えるのも早いだろう。

そしてこの地域に釣りのライバルはいないので……少なくともオアシスとやらのヌシも狙える。

開拓も大体やり方がわかってるしそこまで時間は掛からないだろう。

なので悪くない提案ではある。

「人員は様子を見つつ呼ばんと同じミスをしかねないのでな。呼べても今は様子見じゃ」

「わかったよ。とは言いつつ、植えてある作物が全滅に近いってのも逆に凄《すご》いよなぁ。まずは原因を特定しないといけないな」

畑を入念に確認……こう、パソコンが苦手な人みたいな色々と弄《いじ》くったくせに勝手に壊れたとかぶちかまされるようなイラッとする要素を探すみたいな空気感がある。

顔文字さん、農業好きみたいだけど基礎知識が無さそうだ。

まあ、これが一般的な農業系のゲームに対する認識なのだからしょうがないんだけどさ。

んー……しかし、ここまで畑が壊滅してるってどういう事だ？

どこもレッドゾーンって感じでメチャクチャだ。

うどんこ病に根こぶ病、青枯病《あおがれびょう》に発育不全……大豆畑もあるけど、こっちはダイズリゾクトニア根腐病《ねぐされびょう》とダイズ黒根腐病《くろねぐされびょう》。

ただ……これ、病気って設定なだけで俺が詳しすぎるだけなのかもしれない。

「何なのこの開拓地……汚染された土地で難易度マックス設定なの？」

「そんなに酷《ひど》いの、絆？」

「酷いなんてもんじゃないよ。大豆畑なんて土地ひっくり返して全部滅却処理した方が早いんじゃないかな。病に感染した畑になってる」

「うはー……そりゃ凄《すご》いわね」

姉さん、よくわかってないな。

「むしろ絆。アンタ随分詳しいわね。想像以上だわ」

「そりゃあ色々とゲーム情報を調べてたらついでに覚えた感じだよ」

「アンタさ……大学、農業系行きなさいよ」

「嫌だよ。うちは農家じゃないじゃん」

そもそもな話、土地が無いでしょうが。

しかも儲《もう》からないって話で有名じゃん。

ちょっとリアル寄りのゲームに詳しい程度で調子に乗って農家とかアホすぎでしょう。

「ともかく、ここまで畑の状態悪い原因って……顔文字さん。ここの作物、前は何植えてた？」

「ん？　そりゃあ大豆畑は大豆じゃな。どれも収穫後に同じものを植えるぞ。あ、ちゃんと肥料をやるのは知っておるぞ」

「となると連作障害が設定されてそうかな……あと、ここまで細かい設定だとたぶん、植えてる距離が近い。肥料の件も肥料だけが全てじゃないと思う」

追肥とかあるけどさ。

肥料は一応農業系スキルであるもんな。

魚とか肥料に使えたし、オアシスで釣って支援って流れもありか。

更に肥料を入れる量とか、撒《ま》く水の量とか、作物によって設定されてそう。

……このあたりの面倒そうな要素をちょっと面白そうだと思ってしまうのはこの手のゲームをやりこんだ経験故か。

「虫食いも酷《ひど》い、農薬は？　確かあったよね」

俺でも知っているこのゲームにおける農業スキル関連の情報だ。

「わらわの畑は完全無農薬と決めているのじゃ」

うわぁ……まあ気持ちはわかる。

緩くて楽しいスローライフ系農場ゲームではその方が正解である事が多いしな。

むしろゲームという媒体的にはこっちの方が珍しいだろう。

現実的にも安全性どうこうの問題がある農薬に頼った農業をゲームで推奨するのはどうかと思う。

あるいは……なんとかして農薬を使わなくても良い状況を作り出して最高級食材を作る～～的な農家プレイが想定されているのかもしれない。

そこまでやったら面白いだろうし。ただ、今は農薬を使った方が良い。

「それで上手《うま》くいくのは簡単な牧場系のゲームだけなんだよ。リアル寄りだと肥料と同じくらい重要なんだよね」

「えええええ⁉　のじゃあああ⁉」

思い出したみたいにのじゃを付けたな。

やはりキャラ作りか。わかりやすくて良いけどな。

闇影みたいな子だ。

「農薬なしで作物を育てるというのはゲームでいうと初期装備のLv1でラスボスを倒そうとしているような、死ねって言ってるぐらいの暴言なんだよ」

俺は色々と学んだ結果、完全無農薬が如何《いか》に面倒で愚《おろ》かな幻想であるのかを知ったのだ。

リアル農家の皆さんがどんだけ苦労しているのか……しかも無農薬だからといって超絶美味《おい》しいわけでもない。

安全な食物を得るのはそれだけ大変だという事だ。

RPGで例えるなら肥料が武器なら農薬は防具みたいな存在だ。

「そ、そんなにもなのかの？」

「ああ。これはリアルの話だけど、作物に虫がついた時に市販の殺虫剤を使っただけでもアウトなんだってさ。それも薬だから」

「な、なんと……」

「牛乳を霧吹きで掛けて殺すという方法もあるんだけど、根本的な解決にはならないんだ。安全な農薬が使えるなら使おう。戦闘組だったなら効率的な装備をするのと同じ事だよ」

無農薬というのはそれだけ難しいって事だな。

「じゃが無農薬栽培がいいとは聞くぞ。何より新しい畑じゃと上手《うま》くいくと聞くのじゃ」

「アレは有名な話だけど、実は完全無農薬じゃないいんだよ。何より、こんな汚染で詰んでいる状態で無農薬はもう無理だと思う。新しい農地で上手く作物が育つのは連作障害がないお陰かな」

これでは収穫できるわけないわな。

つまり最初から汚染地域だったわけじゃなくて、汚染地域にしたんだな？

「わ、わかったのじゃ」

元ギルドメンバーは顔文字さんの畑とか見て気付かなかったのか？

水やってれば良いとか思ってたにしても何かおかしいと気付いてくれ。

「農薬解禁になったって事ね。なら試してみたい事があるのよね」

「なんじゃ？」

「ほら、さすがに現実だと安全性とか……そうじゃなくても気分的なモノがあるじゃない？　ゲームだからこそ試してみたいというか？」

「姉さん、前置きは良いからさっさと言いなよ」

きっと碌《ろく》でもない事を言うんだろうけど聞くしかない。

「この際、遺伝子組み換え済み農薬ジャブジャブ食材を作って食べてみましょうよ」

いや、まあ……リアルでは絶対に食べないだろうけどさ。

そもそも遺伝子組み換え済みの食べ物とか、どこで売っているんだって話だけどさ。

だからってゲームの中だからやろうぜ！　ってなるか普通？

「……な？　俺の身内、こういう極端な人なんだよ」

「のじゃあ……世知辛《せちがら》い世の中なのじゃ……」

「農薬ってポーションでも畑に撒《ま》けば良いって事かしらね？」

「そのあたりで大雑把《おおざっぱ》にカバーできそう。ただ数日は畑の浄化と休眠をさせないといけなさそうだなぁ……じゃ、よろしく、姉さん」

「えっ……まあ……わかったわよ。アンタがここまで言うって事は相当なんでしょ」

「他にポーション作りとか出来る人いるかな？　無いなら誰か調合覚えてほしいんだけど」

「それはいるわね。調合技能持ちの人」

いるのか。それは何より。

回復アイテムの調達に必要なスキルはお手の物だな。

それなら薬剤、農薬の確保は出来そうだ。

とにかく、今は人員が欲しいな。

医者ペックルあたりも出来そうだからまずやってみるか。

「カモンペックル」

「ペーン！」

召喚するペックルを選ぶ前にクリスが飛び出してきた。

「ここは……未開拓の開拓地ペンね！」

お？　なんか専用メッセージがあるっぽいぞ。

クリスがサンタ帽子のウサウニーに近づいて何やら話をするモーションに入る。

「ペンペン」

「ピョンピョン」

それからクリスが俺の所にやってくる。

「ここの開拓妖精と話を付けたペン。僕たちペックルも開拓に協力するペン。だけどここでは僕たちの力は十分に振るいきれないペン。もっとウサウニー達が力を付ければどんどん力を出せていけるようになると思うペン」

「ふむ……どうやらペックル達はウサウニーの成長具合に補正を受けるようじゃな」

ステータスを確認するとペックル達の開拓能力が大幅に低下している。

本当にお手伝いさんってレベルだ。

まあそうじゃないと領地持ちが有利すぎるから当然だが。

「みたいだな。で、ウサウニーの食糧が枯渇してるのはわかったが、どれだけ足りないんだ？」

「賄《まかな》いきれずに待機させる事しか出来ておらん。じゃないと毎度カルマー化してしまうのじゃ」

わー……とんだ連鎖状況。

畑壊滅＋メンバー不足になるとここまでやばくなるのか。

「カルマー化から戦闘で倒して復帰させるとしばらく動かせるからみんなカルマー化させて酷使しておった。倒すと作物も少し得られるしのう。ただ、その方法だとウサウニーの能力が伸びなかったのじゃ」

凄《すご》い自転車操業だ。超絶ブラックって感じ。

毎度の楽しみがカルマー化したウサウニー狩りだったのだろうか。

これは運営が想定していたプレイングじゃないよな。

「戦えるならそれでも上手《うま》くいきそうだけどな」

つまりちょっと前までここはウサウニー達の地獄だったわけだ。

ペックルに蟹工船《かにこうせん》をさせた俺が言えた義理じゃないけどな。

けど、それだと成長が遅延してそうだ。

つまりある程度戦闘で回っていた開拓地だったたって事なんだな。

能力が足りなくてもある程度どうにかなる救済処置も完備か。

正しい方法じゃない脳筋だけど、選択肢は準備されているようだ。

さて、改めてペックルを確認っと。

……やっぱり全体的にステータスダウンが大きいなぁ。

ウサウニー達を成長させるところから始めないといけないか。

「ウサウニーの操作をするアイテムを貸してくれない？」

「これじゃな。確か島主は道具なしでペックルを操作できるそうじゃな」

と顔文字さんは俺にウサウニーカウンターを渡そうとしたが、同じ極を合わせようとした磁石のように俺の手からウサウニーカウンターは離れて地面に落ちてしまった。

「主人にウサウニーの操作は出来ないペン」

クリスがなんか注意してくる。

俺はペックルしか操作できないと？

ペンギンはウサギになれないペンって事か？

「まあいいや……ペックル達は能力がかなりダウンしてるけど、俺が操作できるし……」

ペックルカウンターを道具から出して姉さんに渡す。

開拓の七つ道具は……使えそうだな。

やっぱり開拓地補正が掛かってるっぽくて全体的に大きく補正が掛かってる。

農業の方は補正が少なく、釣りは補正が多く掛かっている。

まあ、ここで存分に釣りをして上げれば良い。

「とりあえず使えそうなペックルを呼び出すよ。カルミラ島の方の経営に問題も出そうだから呼び出せる数は限られるけどさ」

ポンポンと医者ペックルや農夫ペックルとかを呼び出していく。

「「ペーン！」」

鍛治《かじ》……人員的にいなさそうだからロミナが使ってたハンマー持ちのペックルも貸してもらおう。

きっと鍛治能力が高い。

脳内のロミナが青筋立ててる気もする。

何らかの手段でメッセージを送れれば良いんだけど。

今はとにかくサッサと顔文字さんに農業を叩《たた》き込み、開拓を終えねば話にならない。

あ、一応ペックルを返す事は出来るようだ。

このあたりはシステム的な余裕って事だな。

「ペックル達の食糧として魚が必要なんだけど……魚のストックとかある？」

「ないのう……」

「ま、そのあたりは想定済み。手持ちの魚も多少はあるし、補充するまではもつだろ。とりあえず持っている予備のカニ籠《かご》はオアシスに設置しておいて釣りで確保かな」

元々所持していた魚の在庫もある。

開拓地補正が掛かるけど、俺個人のスキルや装備を組み合わせれば独自の熟練度は上げられるだろう。

「ペックルはアンタに任せれば良いってところね」

「まあねっと、それとブレイブペックルも召喚っと」

「ペーン！」

ブレイブペックルも召喚する。

開拓時は指示なしでもいるだけで全ペックルの能力が上がり、指揮をさせればペックルの能力に補正が掛かるんだったな。

ついでに俺が常に装備させられているリボンの重ね装備の下にサンタ帽子を被《かぶ》っているので能力低下していても現状ウサウニーより動けるだろう。

「後はオアシスに――」

っとカニ籠を設置するかと思っていると建造物方面から何やら土煙が近づいてくる。

「デスピョオオオオン！」

シュバッと土煙から何かが飛び出してブレイブペックルへとぶつかっていった。

「ぺ、ぺーン⁉」

「デスピョン！」

ぐりぐりぐりぐり！

っと一匹の……槍《やり》を持ったウサウニーがブレイブペックルに向かって頭を擦《こす》り付けている。

なんていうか凄《すご》くフレンドリーだな。

「お、落ち着けペーン！」

ぐいっとブレイブペックルがウサウニーの額にフリッパーを当てて押し返す。

「わかりましたデスピョン！」

それでもしばらくぐりぐりをしようとしたウサウニーだけどブレイブペックルの抵抗が強いからか引き下がった。

「ペンペン」

「デスピョン」

で、何やらブレイブペックルとウサウニーが話をするモーションをしている。

「ほう……これは特殊モーションなのじゃ。じゃが……台詞《せりふ》が危険な気が……」

台詞が危険？

「ただ……ウサウニーカウンターでは異常は無いようじゃ。一安心じゃな」

「ずいぶんとブレイブペックル相手に馴《な》れ馴《な》れしいウサウニーだな」

サンタ帽子ウサウニーとクリスも特殊会話っぽいのがあったけどそれ以降は特別な動きはない。

その中でブレイブペックルに反応するウサウニー……。

「ああ、そやつはブレイブウサウニーじゃ」

「あー……なるほど」

開拓生物の中で勇者に位置する特別なウサウニーなわけなのか。

「入手条件はダンジョンの最下層にある部屋の宝箱か？」

「そうじゃな。ダンジョンの床を掘ったら鍵が出てきての」

うわ……顔文字さん、運が良いなぁ。

というかどこでも掘るのかこの人？　掘るって発想が凄《すご》いな。

俺の場合は地底湖でヌシを釣り上げた時に手に入れた鍵だったというのに。

とはいっても特別なウサウニーが既にいるなら開拓に上手《うま》く使えそうだけどな。

「槍《やり》を持ったウサウニーなんだな。俺の所は盾を持ったペックルだったけど」

「絆のそのペックル、防御能力高いものねー。そのペックルを模《も》した着ぐるみでガッチガチになるし」

ブレイブペックルは守る事に特化したペックルだからな。

いざって時はオートで防御してくれるし、大事な戦闘では呼び出しておいて損はない。

ランダムで大技を使って削りにもなる。

とにかく、勇者の開拓生物同士で何らかの特殊な動作があるっぽいな。

「ブレイブウサウニーか……こっちのブレイブペックルの例を考えると相当癖が強いんじゃないか？」

ストレスの上昇が異様に早いだろうし、一定値を超えると口が悪くなるってのがブレイブペックルの短所といえば短所だった。

「そうじゃのう。ブレイブウサウニーの運用に関して島主にも知ってもらうべきかの」

「絆のペックルとどう違うのかしら？」

「槍を持ってるって所から考えてブレイブペックルとは違いがあると思う」

俺の推測に顔文字さんは頷《うなず》く。

「まずブレイブウサウニーの特徴じゃが、女性プレイヤーの命令しか聞かん」

「女性プレイヤー？」

「うむ」

俺と顔文字さんと姉さんの間を沈黙が支配する。

女性の命令しか聞かないウサウニー……なんてエロウサギチックなウサウニーなんだ？

「俺の場合はどうなんだ？」

オープンネカマを自称する俺はこのウサウニーからするとどっちにカテゴリーするのだろう？

「生憎《あいにく》堂々とネカマを自称するプレイヤーは少ないので判断できんところじゃが、判定はアバター設定時のものだと思うのじゃ」

まあ、中身まで判断してきたら嫌だよな。

第二の人生、女キャラクターで綺麗《きれい》な服を着たいってプレイヤーもいるだろう。

他のオンラインゲームでもネカマって一定数いるのと同じ感じ、それでなくても画面に映るアバターは女の子って設定している人。結果、ネカマになる人も多い。

「このブレイブウサウニーなんじゃがストレスゲージの上昇が早いというのはペックルと同じなのじゃろうな。それだけのスペックを所持しておる。で、当初の問題としてなんじゃがストレスが50％を超えると女性プレイヤーを豚と罵《ののし》り今度は男性プレイヤーの命令しか聞かなくなるのじゃ。その際に語尾がデスピョンに変わる」

おいおい。それって激しく危ないウサウニーじゃないか？

おもに性別に敏感な層とかの関係でさ。

「厄介《やっかい》ね……つまり何か作業をさせて50％を超えたらノジャ子の命令を聞かなくなるって事でしょ」

「……しかも常に勝手に作業をするという厄介な性質まで持っておってのう」

……50％以上になると顔文字さんの命令を受け付けなくなり、しかも勝手に動くという厄介仕様。

開拓仲間が協力的なら男性が命令して別の作業をしてもらうなり待機してもらうなりすれば良いけど、顔文字さんの話じゃ協力してくれなかったんだよな？

「前のメンバーも敢《あ》えてカルマー化させて戦っておった。だからカルマー化しやすい筆頭なので出来る限り50％以下にして運用しておったんじゃ」

だよな……カモとはこの事とばかりに日々ブレイブウサウニーはカルマー化させられていたと。

ん？

「ブレイブウサウニーのストレスゲージが１００％になるとカルマーで良いのか？」

ブレイブペックルは１００％になった際はラースペングーに変化したぞ？

「特殊イベントでカルマー以外になるのじゃよ。じゃからよく狩られたのじゃ」

うわ……なんともかわいそうな話だ。

「それも特殊イベント発生までじゃ。わらわは島主たちの開拓情報は聞いておったぞ。ダンジョン内で赤髪の人形を見つけてブレイブペックルに使ったとの話をの」

「ああ……見つけてはいたのか」

自称前線組の戦闘マニアな連中だからダンジョン攻略はしっかりとやっていたわけね。開拓はしないがダンジョンで後《おく》れを取り戻したいと躍起になっていたようだけど……それであの赤髪人形は確保か。

「それじゃあ問題はかなり解決してるんじゃない？　特殊変化したウサウニーを倒したんでしょ？」

「うむ……ラストラビットという魅了の状態異常をばら撒《ま》く厄介《やっかい》なボスは倒したのじゃ。取り巻きにダークフィロリアルを無数に呼び出してさすがのアヤツらも一回目は敗走してブチ切れておったよ」

わー……状態異常をばら撒く系のボスとか厄介だな。

しかも取り巻き召喚……無数って所が厄介だな。

「俺たちの時は一匹だったけどなーダークフィロリアル」

魅了の状態異常か。

俺たちだと対策なんてまともに出来ず瓦解《がかい》してそう。

「ギミックが色々と違うのね」

「アルトがそのあたり、図書館で調べてたな」

このあたりのフレーバーテキストはアルトの方が詳しかったんだよな……。

「今なら少しはわかるのう。どうやらブレイブウサウニーの面倒な過去が関わっているようじゃ。赤髪の人形のキャラとの因縁も深いようじゃな」

「何にしてもこうして戻ってきてるって事は倒せたんだろ？」

「そうじゃな。その際にブレイブペックルが背負《しょ》っているぬいぐるみと同様の品をドロップしてカルマー化は抑えられるようになり、ストレスの増加は軽減したんじゃ」

それならある程度どうにかなりそうだけどな。

ブレイブウサウニーは特に問題なく開拓を促進できるって事だろうし。

なんて思いながらブレイブウサウニーが装備しているアクセサリーのぬいぐるみを確認する。

「ブレイブペックルが騎乗ペットで移動する際の生き物にそっくりなぬいぐるみだな」

そう、ブレイブウサウニーが背負っているぬいぐるみはブレイブペックルの騎乗ペットにそっくりだった。

「フィロぬいぐるみというものじゃったな。どうやらとても大切な存在らしくての」

「ブレイブペックルは乗り物にしてるけどな」

どんな背後設定なのかちょっと気になってくるな。

「とにかく、それなら問題はなさそうだけど……」

「ストレスの増加は緩やかになったが、確定で女性プレイヤーの言葉を聞かなくなるようになったんじゃよ。80％を超えると休息を取ってくれるがの」

……全く変わらないどころか言う事を全く聞かなくなったとか最悪だ。

ブレイブペックルの方が扱いやすいかもしれない。

「しかも気を利かせるつもりなのか活発に動くようになってしまってのう……デスピョンで固定されるようになったのじゃ」

……強化アクセサリーが手に入っても厄介《やっかい》なユニットなんだな。

そのブレイブウサウニーがブレイブペックルと何か話をしていると。

「だから分かったペン？　主人の言う事には従うペンよ」

「わかりましたデスピョン！　主人の命令にこれから従うデスピョン！」

ブレイブウサウニーがブレイブペックルに敬礼してから顔文字さんに頭を下げている。

「おや？　おお……ブレイブウサウニーに命令を与える事が出来るようになったようじゃぞ」

ほう……こんなシナジー効果があるのか。

ブレイブペックルと遭遇する事で運用が難しかったブレイブウサウニーが主人の命令を聞くようになったと。

「なら幸先《さいさき》はよさそうだな」

「そうじゃな。とはいえ、新たに呼んだ開拓仲間に委託させていたので問題は解決しておったがな」

ああ……男性プレイヤーの命令は聞くんだったっけ。

なら協力的なプレイヤーがいれば運用はそこまで問題なかったか。

とりあえずサッと籠《かご》をオアシスに設置しておこう。

終わったら釣りをするかな？

って思いながら設置しているとブレイブウサウニーを追いかけてきたらしき人が一人やってくる。

「おーい。ワラの嬢ちゃん。そっちにブレイブウサウニー行かなかったかー？」

ってらるくじゃん。やっぱりここに呼ばれてたのか。

「おっす、らるく。先に呼ばれたんだな」

「おう絆の嬢ちゃん。悪いな。俺も迷惑を掛けちゃいけねえって提案をしたんだけど奏の嬢ちゃんに農業するなら必須って押し切られちまったんだ」

「別に良いさ。姉さんの強引さには慣れてる。折角《せっかく》のイベントに混じって悪い」

なんかそれっぽい思わせぶりな話をしてたし。

「それなら良いぜ」

「そういえば知り合いじゃったな」

「そんで、ブレイブウサウニーはどうなってんだ？」

「うむ。どうも島主が呼び出したブレイブペックルと出会う事でわらわの命令を聞くようになったようじゃ」

「マジ⁉　あー！　見たかったその光景をよー！　もっと急いで追いかけた方がよかったぜ！」

　と、らるくは心底悔し気にしている。

「つまり本来はらるくに頼んでブレイブウサウニーの世話をしてもらおうって思ってた感じ？」

「いや？　そこはー……まあ、ちょっとな。ほら、絆の嬢ちゃんも知ってる人もいるんだよ。上司」

　歯切れ悪い返事で、らるくは頭を掻《か》きながら答える。

「らるくを呼んだのはそのフレンドの提案じゃよ」

「私がアンタを呼んだのはそのフレンドの提案じゃよ」

「オルトクレイさんか、俺と話をしようとしている所でアルトが介入してきて姉さんの保護をそれとなく提案した人だよね」

　思えば姉さんの保護を匂わせたのはオルトクレイだった。

「そうだよ。まあ当てもなく探し回るより楽な業務に誘われて良かったぜ。いつ呼ばれるかわからなかったからその間に出来る限りの情報収集をしてたんだよ」

　ああ、だから最近は忙しそうにしてたんだな。

　ディメンションウェーブイベント中も別行動だったし。

「ともかくブレイブウサウニーをワラの嬢ちゃんが扱えるってんならそれでいいって話だな」

「そうじゃな。色々と助かりそうじゃ」

「とりあえずよー絆の嬢ちゃんにみんなを紹介するのが良いんじゃねえのか？」

「そうじゃな。もしかしたら島主が知っておる相手かもしれんし」

「何が？　オルトクレイさんと……流れ的にてりすがいるんでしょ？」

「てりすもいるのは間違いねえぜ。いいからついてきな。絆の嬢ちゃん……籠《かご》をオアシスに設置するのは程々にな」

　らるくに注意されたのでオアシスに手持ちのカニ籠を設置するのを切り上げる。

　まあ、そこそこ設置できたか。

　後で全部仕掛けておかないとな。ペックルの食糧確保に必要だ。

「あーい」

「当たり前にようにドサドサと設置してたわねー……唖然《あぜん》としたわ」

「手際が良かったのう」

「あと何人いるの？」

「三人じゃよ。そう警戒しなくてもよいのじゃ」

俺、姉さん、顔文字さんにらるく……で、オルトクレイ、てりすだとすると他に一人か。

合計七人この開拓地にいるって事ね。

増えるかは様子見って話だったな。

などと思いつつ俺はペックルの管理をしながららるくの後についていった。

七話　悲劇のサプライズ

で、案内されたのは開拓地にある工房の一つ。

ロミナのような鍛冶系《かじけい》ではなく医療系の工房のようだ。

「おや？　みんな揃《そろ》って来たという事は絆さんが来たようだね」

オルトクレイが俺たちに気付いて爽やかな笑顔で近づいてくる。

「ええ、絆の嬢ちゃんでさ。ブレイブウサウニーはどうやらブレイブペックルとシナジーが発生してワラの嬢ちゃんの言う事を聞くようになったそうです」

「そうかいそうかい。それは助かるね」

と、話をしているところで顔文字さんが振り返って男性に手を差し出しながら紹介をする。

「こやつはクレイ。正式名はオルトクレイという名前なんじゃが愛称がおぬしの知っている某商人と似ているという事で、後半の方を名乗るようにしているとの話じゃ」

「どうも、リボンありがとうございます。お陰で助かってます」

「それは何より。改めて自己紹介だね。戦闘は魔法をメインにしていて、サブで商売……

錬金系と機械系を浅く広くやっているよ」

「これからよろしくお願いします。商人が開拓地に呼ばれたら困りそうだけど大丈夫なのか？」

「商売は趣味というか、癖でやってしまっているだけだから気にしなくて良いかな。自然と目に付いてしまってお金が貯《た》まる形なだけさ」

アルトとは違って健全な商売をしてるのかな？

アイツは勝手に敵愾心《てきがいしん》を抱いてたけどさ。

何だろう。そこはかとなくお金には困ってない雰囲気がある気がする。

アルトを成金だとするなら、こっちは本物なのかもしれない。

がっついていないタイプと表現するのが適切か。

「そうそう。あの時、聞こうと思っていた事を聞いて良いかい？　君は人脈が広そうだから聞きたかったんだ」

「そこまで広くないと思いますけど……らるくの方が顔が広いですね」

ああ、アルトに遮られたけど聞きたかった事があったんだな。

やっぱり思うけど、俺って人との繋《つな》がり少ないんだよなー。

硝子たち以外とまともにパーティー組んだ事ないしアルトとロミナに領地経営関連も投げっぱなし、商売も裏方担当でまともに人と話してない。

人手が欲しかったらペックルを呼んでどうにかしてたし。

「本当、なんでアンタはこのゲームで成功してるのか不思議よね」

「それは俺も自覚してる」

たまたまゲームと波長があったというか運が良いだけだと思うほかない。

「ともかく、俺に尋ねたい事って？」

「ああ。ミリー……件《くだん》の彼が来てるよ」

「はーい」

ってクレイさんに呼ばれて工房の奥の方から紫色で長髪な成人女性のプレイヤーがやってくる。

紫色の髪って描き方が悪いとケバい印象になる場合があるんだけど、この人のキャラデザはケバくならず上品な感じでドレスを装備してる。

結構作り込みがあるのではないだろうか？

まあ、ゲームだから美人なんだけど出《い》で立《た》ちからすると魔法使い系かな？

「妻のミリーだ。ミリー、彼が奏さんの弟で有名な絆さん」

この人がクレイさんのリアル妻かーカップル多いなぁ。

顔文字さんも考えたもんだ。

俺の勝手なイメージだが、リアルで結婚していたり、付き合っていたりする人たちってそれなりにコミュ能力が高くて、精神年齢が高そうだよな。

実際はどうなのか知らないけどさ。

きっと以前のギルドメンバーみたいな幼稚な連中を避けるための人選なんだろう。

「このゲーム内ではミリーって名前でプレイをしているわ。よろしく。戦闘はクレイと同じく魔法系でサブは鑑定……考古学に携わっているわ」

凄《すご》くわかりやすい説明だった。

あれだ。初対面の人でもコレが出来るよって事を自己紹介してるのかな?

臨時パーティー慣れしてるって印象だ。

「えっと絆さんでしたね」

「よろしく……で、俺に尋ねたい事って?」

出会う人に尋ねているらしいけど、一体何を聞きたいのだろうか?

このゲームで上手《うま》くやる方法とかならなんとなく程度は説明できるかもだけど、闇影たちの反応が悪くて教えづらいんだよな。

「クレイ達の話はわらわ達も知っておる。らるく達がリアル繋《つな》がりで呼ばれたのもそうじゃったな」

「ああ。絆の嬢ちゃんも話だけでも聞いてやってくれや」

「良いけど、何?」

「ああ、実は私たちには幼い娘がいてね。日々仕事が忙しくて滅多に休日一緒にいられる事がなく――」

と、クレイさん達は自らの事情を説明し始めた。

なんでもクレイさんのリアルは、らるくの説明通り会社の重役で夫婦揃《そろ》って会社のために色々と飛び回って休む暇が無いそうだ。

で、クレイさん達には大切な娘がいて、親子関係は良好であるそうだった。

ただ忙しい所為《せい》で一緒にいられる時間というのは少なく、電話やチャットで僅《わず》かな時間しか話が出来ない日なんかも多かったらしい。

子供の教育は専属の教師やシッターなんかに任せているとか……どこぞの海外の話だろうか？

ともかく、そんな忙しい中でどうにか娘と一緒の時間を作りたいとクレイさん達は考えていたところにこのセカンドライフプロジェクトの話が舞い込んできた。

娘と一緒に参加してゲーム内時間で数年。家族水入らずでゲームを楽しみつつ第二の人生遊ぼう！　っと話を纏《まと》めていたんだそうだ。

娘さんも大層喜んで参加日を指折り数えていたらしい。

まあ金持ちなら参加権を容易《たやす》く手に入れられるよな。

高いといっても一般市民でも頑張れば参加できるわけだし。

なるほど……忙しくて親子の時間が取れない家庭にとってこのゲームは親子の仲を育《はぐく》むのに非常に向いているという事なのか。

「前提はわかったけど、なんでそんな事情を俺に？」

「みんなそう思うわよね」

リアル金持ちって話をするのも中々に勇気がいるものだとは思うけどさ。

というか……件《くだん》の娘は何処《どこ》だ？

「ああ……ここまでは良かったのだけど我が社のイベントプランナーがサプライズを挟んだ方が良いと提案してきてね」

ミリーさんがオヨヨ……とばかりに顔に手を当てている。

……なんか嫌な空気の流れがしてきたぞぉ。

「私も妻も娘を驚かせつつ喜ばせようと思ってね。外せない仕事が入ってしまったと娘に嘘《うそ》をつき、勿体《もったい》ないので私たちが雇用したゲームが上手なボディガードと参加してくれと伝えて、ゲーム内で嘘だと説明してから楽しもうとしたんだ」

「このキャラクターも私たちが使うようにって娘が作ってくれたもので……」

あっ！　察し……って感じで後の展開が読めた。

「このゲームにログインしているのまでは私たちも隣のカプセルで確認したんだ」

「だけどゲーム内でログインしているはずのキャラクターは……その。メルというキャラクターは別人が使っていて……話によると参加権をタダで貰《もら》う代わりにこのキャラクターでログインしてほしいとネットで取引したそうなの」

あー……御付きのボディガードと接待ネトゲを数年するなんて嫌って形で別に作ったキャラクターで監視の目をくぐり抜けちゃったのね。

「ああ……人見知りをするあの子がこのゲーム内で一人ぼっちでいると思うと胸が締め付けられるわ……」

「どうにかして探し出し事情を説明して、当初の予定通りに過ごしたいんだ。だから私たちは娘を探しているんだ」

なんていうか……悲しいすれ違いというべきなのかなー……最初からサプライズなんてせずに娘と意思疎通してゲームにログインすればこんな事にならずに済んだものを。

アルトも敵愾心《てきがいしん》を抱いて邪魔せずに話しても良い会話だろコレ。

このゲームが始まってから既に数ヶ月も経過しているわけだし……飢えて死ぬとかはないから物理的に死ぬ事は無いはずだ。

敢《あ》えて言わせてもらおう。我が家の誕生日の悲劇のように！

「やはりサプライズは悲劇しか生まないんだ」

「そうね。サプライズは碌《ろく》な結果にならないわ」

「本当にな」

俺と姉さんが口を揃《そろ》えて告げる。

無能なのはそのイベントプランナーだな。娘側の制御がまるで出来ていない。

こういうのはサプライズされる側が察しているくらいが丁度良いんだ。

「なんか言葉の重みがなかったか？　絆の嬢ちゃん達」

「エクシード姉妹に一体何があったのかのう。ドッキリは古いが業界でもあったイベントじゃろうに」

そりゃあイベント大好き遊び人である姉と妹がいる我が家がサプライズなイベントを計画しないはずはない。

結果として主賓を引き付けておかない準備は、本末転倒な結果になる。

誕生日パーティーを計画したところで、本人が友達に祝われて帰ってこないとかな。

「ともかく件《くだん》の娘さんが行方知れずだから知らないか？　って話なわけか」

「そうだね。君ほどの有名プレイヤーなら娘を知らないかとね。ついでに何かあった際に探している人がいると広めてほしいんだ。もしかしたら娘の耳に入るかもしれないからね」

会社の権力とか使えないなら人との繋《つな》がりで探そうって事ね。

そういうのって、アルトとかロミナ、それこそ部下であるらるくあたりが得意としてそうな話だけど……だから探してたのからるく。

「人捜ししてるのにこんな所に呼ばれちゃ本末転倒では？」

隔離された場所にいるって件の娘を探すのには向いてないだろう。

呼んだら怒る筆頭ではないか？

「既に己《おのれ》の手を伸ばせるだけ伸ばしているからね。既存の手段でダメな以上、娘の耳に入るようにこういったイベントを超えた結果で名を売って、広報したいのさ。だからノジャさんに繋がるよう、彼女のパーティーメンバーにお願いしておいたのさ」

つまるところ、知り合いの顔文字さんが既に何かのイベントに巻き込まれている事を外部にいる時点で察していたのか。

中々上手《うま》い事を考えたなぁ。

確かに開拓地のお偉《えら》いさんともなれば娘さん発見に近づくはずだ。

「仲間には呼んだ直後に罵倒《ばとう》されたがの。クレイとミリーを呼べと言われたからウサウニーが次に言うまで待っておったのじゃ」

本人がイベントクリア時の開拓地における商人として領地の顔役になる事を前提に取引していたのか。

カルミラ島のアルト的な感じで。

アルトもクレイさんの頼みを聞いて娘捜しをしてやれば……アイツ、金儲《かねもう》け第一主義だからこういった文字通り砂漠で無くした宝石を探すみたいな途方もない慈善事業はやらないか。

「まあ……話はわかったよ。で、その娘ってどんな特徴があるの？　外見とかで特定は出来ないから性格面での判断材料として教えてほしいんだけど」

「本名を出して捜すのは良くないと注意されてね、どんな性格かというと人見知りをする子だよ」

「本を読むのが好きで学校の成績は良かったわ。映画鑑賞もよくしてたわ。想像力も豊かで将来有望だって私たちは思っているわ」

人見知りで物語や映画鑑賞をしている。

「楽器も演奏会が出来るほどには習い事に力を入れていたね」

「ゲームもとても上手だったわ。何度も同じゲームをして縛りプレイにまで手を出すほどだったのを私も知っているわ。私も幼い頃はゲームをしていたのよ」

「私たちのこのキャラクターもゲームにＩＮする前の娘が語っていた造形に近づけるように努めているんだよ。このオルトクレイは凄腕《すごうで》軍師で錬金術と発明を嗜《たしな》む最強の魔法使いのお父さんだそうで……」

「どんな外交もスパッと解決する一国の妖艶《ようえん》な女王様で考古学に精通するお母さんって語ってたの」

わー……理想の両親設定まで完備かー。

微笑《ほほえ》ましいし、両親はそこを忠実に守ろうとしているのだね。

しかしこの設定の詰め込み具合……若干《じゃっかん》中二とか入ってそう。

で、ひきこもり属性あり……物語、漫画とかも読んでるのだろうか？

こう……中学生になった時に道を踏み外したらヤバそう。オタク的な意味で。

腐るか、拗《こじ》らせるかは別として……吸血鬼とかに嵌《は》まるタイプか？

将来の闇影かもしれない。

「娘の理想に近づいていれば出会えるかもしれない」

「敏腕の女王様にね。お城を建てるのがわかってるから手伝いたいのよ」

なるほどなぁ……普通に良い両親っぽいな。

「娘さんは幾つで？」

「まだ小学生だ」

「ああ……幼いあの子が今どこで何をしているのか……」

うーん……なんか心当たりがありそうで無いような、まあこのゲームをやっている時点でオタクが大半だからなぁ。

確かにこれはクレイさん達が有名プレイヤーにならないと娘は名乗り出ないだろう。

しかし小学生もこのゲームに参加しているのか。

小学生といえば……ちょっと前に子供向けＦＰＳで紡が「さーて、今日は小学生をボッコボコにするぞー！」ってクソみたいな事を言ってたなぁ。

精神年齢は間違いなく同年代だろう。我が妹。

その娘さんの方がまだ大人かも。

「ディメンションウェーブイベントだと二人は見なかったと思うけど」

「この前のイベントはノジャさんに早めに呼んでほしいと頼んだのでね。イベントは不参加だよ。他の所でも地味に活躍はしてたけど目立つ事が出来なかったね」

「わらわも正式に親しくなったのはカルミラ島のディメンションウェーブイベント後でのう。他の部分は島主たちの腕が良すぎるのじゃ」

まあ……硝子も闇影も凄腕《すごうで》だからな。紡もそうだけどプレイヤースキルが高い。

並ぶのも苦労するか……前線組って戦闘特化で来てる人多いもんな。

俺や闇影はネタプレイ枠だったし、上手《うま》いこと噛《か》み合ったに過ぎない。

しかし……なーんか引っかかるような気もするんだけど、何が引っかかってるんだ？

「うーん……」

どこかにそんな奴いたかなー……？

微妙に喉《のど》に詰まっているような感覚があるなぁ。

人見知りをして、物語やゲームの造詣《ぞうけい》が深くて金持ちの娘で成績が優秀。

想像力が豊か。縛りプレイをするほどのコアゲーマー。

中二病を患《わずら》いそうで楽器演奏も出来る。

うん。さすがにいないわ。

そんな優等生がいたらトッププレイヤーだろ。

ドレイン忍者が印象深いけどアイツだったら、らるくが何か言ってるだろ。

闇影もらるくとは話が出来る間柄《あいだがら》だしな。

そんな人捜ししてるならみんなに先に聞けと言いたくなるけどさ。

既に本人に聞いていて別人って事なんだろう。

「そんな優等生、オタクの中に混じってたら目立つからわかると思う。ひきこもりの面で宿に籠《こも》ってるとかソロプレイしてるとかだと俺じゃ出会ってないと思う」

「そうよね。人見知りしてるならこのゲームに馴染《なじ》めずにソロプレイしてそうよね」

「そう考えるとソロプレイしているプレイヤーを探すのが良いよな」

「ここから出られたら狩場で探すしかないわね」

「ああ、よろしく頼むよ」

「お願いするわ」

了解って事で俺はクレイさん達の話を聞いた。

「やっほー絆ちゃん。その様子だとみんなと挨拶《あいさつ》終わった感じー？」

ここでてりすが片手を上げてやってきた。

「ノジャちゃんはしっかりと謝ってからお願いするのよー？　絆ちゃん優しいけど甘えすぎちゃ駄目だからね」

「わかっておるのじゃ！」

「この面子《メンツ》じゃ私とてりすさんが料理担当になるかしらね。絆、アンタも料理技能持ちなんだから手伝いなさいよ」

はいはい。料理技能持ちが三人で連携すれば料理は良いモノが確保できるな。

……逆に硝子たちの方は料理技能持ちがいないから不安になってくる。

カニの加工業務とかで技能は上がっているから誰か代行してくれていると良いけど……。

悲しいかな、我らがパーティーの料理担当が開拓イベント行きとなる。

ロミナの愛用ペックルを召喚してしまっているし、後で謝らなきゃいけないな。

「色々とわかったよ。みんな、これからよろしく」

俺の言葉にみんなすんなり頷《うなず》いてくれた。

「とりあえずこれからどうしたら良いかな？　畑の浄化はクレイさん、調合担当だろうから薬剤を作って。奏姉さんがある程度耕したりしてくれるからさ」

「何か植えるのかい？」

「植える前に畑の浄化と休眠が優先かな。まあ……全部の畑を一旦確認しないといけないけどね。少なくとも今植えてあるのは諦《あきら》めた方が良いよ」

「ほう……ではらるく、君は鎌の使い手だろうから草刈りをお願い出来るかな？」

「あいよ。社長」

まあ、ゲームで協力してもらったからリアルでの関係向上に寄与してそうだけど。

リアルでの関係って大変だなぁ。

「顔文字さん、案内できる？」

「了解なのじゃ。島主は騎乗ペットを持っておるかの？」

「ああ。そりゃあ配布されてるから持ってるよ」

「では騎乗ペットに乗って移動するかの」

顔文字さんが工房から出ると騎乗ペットを呼び出す。

するとズモモ……っと現れたのは俺が持っている騎乗ペット、ライブラリ・ラビットとほぼ同じ騎乗ペットだった。

「顔文字さんも持ってるのか」

顔文字さんに合わせて俺もライブラリ・ラビットを呼び出して並ぶように立つ。

俺が所持するライブラリ・ラビットは白い毛皮に青い瞳で法衣を着用した大型のウサギ獣人みたいな感じなのだが、顔文字さんが所持する騎乗ペットは黒い毛皮に赤い瞳で法衣を着用している。

対《つい》で立つと圧巻というか……兄弟みたいな感じで絵になるような気がしなくもない。

「わらわが持っているのはライブラリ・ラビットのNじゃな」

言われて騎乗ペットの召喚に必要な本を確認すると俺のはSと書かれている。

Wじゃないのか。ホワイトとかそのあたりで。

「じゃからわらわはライブラリ・ラビット・ノワールと呼んでおる。島主の所持するライブラリ・ラビットとは逆の色合いなんじゃな」

S極とN極って可能性も否定できないけど好きに呼ぶのは良いよな。

「乗り方は同じじゃか」

まさか同じ乗り物があるとはなー……ってライブラリ・ラビットはペックルの笛とのシナジーでこの姿になっているっぽいので顔文字さんもウサウニーの笛とかそういった代物を所持しているという事になるか。

「ちょっと絆、ノジャ子、触《さわ》れるように設定なさい」

「ん？　どうしたの姉さん？」

「のじゃ？」

ここで奏姉さんが騎乗ペットに乗った俺たちに声を掛けてきたので振り向く。

「そうそう、そこ！　もっふー！」

ズボ！　っと俺と顔文字さんがそれぞれ所持するライブラリ・ラビットの間に入り込ん

でモフモフさせた。

設定を弄《いじ》ると他プレイヤーも触っても良いように出来るけど呼び止めてまで触ってくるって……気持ちはわかる。モフモフな感じではある。

「あ、奏ちゃんずるーい！　てりすもやるー！」

ここでてりすも俺と顔文字さんの騎乗ペットの毛皮をモフモフし始める。

「わー楽しかったわー」

堪能したのかてりすは下がっていき、姉さんも離れる。

「んじゃ姉さん。畑の状況を見てくるから草刈りと畑の浄化作業はお願いね」

「わかってるわよ。まだ始まったばかりだけどやってくしかないわね」

「そんじゃ顔文字さん。出発」

「ラジャーなのじゃー！」

そんなわけで顔文字さんの案内で俺たちは開拓地にある畑を一周見て回っていった。

結果として使えそうな畑は2割で残りは一度浄化しないといけないとの事となった。

騎乗ペットのお陰で開拓地をすぐに見て回れたかな。

オアシスを中心に作られた開拓地で所々に石造りの敷地がある感じ……なんていうかカルミラ島より遺跡っぽい名残《なごり》がある。

「大体の施設というかオブジェクトはカルミラ島と同じ感じかな」

伐採場や狩猟に使うスペースが存在している。

ただ、伐採場は石切場って感じでプラド砂漠の場合は木ではなく石造りの建物がベースになるっぽい。

建物に関してはそこそこ建っているが閑散とした印象だ。

俺の場合はアルトやしぇりるが島を賑《にぎ》やかにする設置物を仕掛けてくれていたからなぁ。

街灯とか石畳とかかな。

「うーむ……想像以上に畑がダメなようじゃな……」

「一応ゲーム的な要素で畑の作物の時間経過は異様に早いから現実の農業より簡略化はされてるみたいなんだけどな」

だから姉さん達に畑の浄化を軽くお願い出来るわけだし。

で、姉さんとらるくが主体となって畑の草刈りをしてもらいながら俺たちはクレイさんの工房内で作戦とばかりに開拓地の畑の方針を決めていく。

「少なくとも畑の浄化と肥料を与えつつ適度に畑を耕していかないといけない……このあたりはペックルにやってもらうのが良いかな」

システムアシストがペックルには備わっているし現状の物資だとウサウニーは休眠状態が多くて運用が上手《うま》くいかない。

まずはウサウニー達が飢《う》えずに活動できるだけの食糧調達をしなくてはな。

「こう……トラクターとかあれば良いんだけどな。騎乗ペットあたりで代用できないかな？」

「おそらく出来ると思うよ。トラクターはさすがに高度なマシンナリーが必要だと思うけどね」

開拓の七つ道具のクワでも出来なくはないけど鋤《すき》というクワより前に存在する農具でこれを馬や牛に引かせて畑を耕す農法が存在する。

トラクターが無いなら騎乗ペットあたりかそれこそ顔文字さんが持っているだろうと思えるウサウニーの笛で大きなウサウニーを出して動かして畑を耕すのが良いだろう。

「ともかく、効率的に畑を適切な環境に持っていくとして――……その間に何をするのが良いか。農業だけじゃ開拓は進まないし……こう、何か良さそうな事をしていかないと」

みんな一丸になって畑の世話ってのも間違いはないけどウサウニー達の食糧調達だけが全てではない。

カルミラ島では魚の調達は俺が担当しつつ、漁とか船でやるようになって食糧事情が安定してから一気に開拓を進めていった。

「最終的に城の建設が目的となるけど顔文字さん。サンタ帽子ウサウニーとそういった話は？」

「してないのじゃ！」

……城の建築を提案するほどの発展をしていないって事だろう。

ウサウニーカウンターを口頭で聞いた感じだとウサウニーも食糧が足りないのは元より数が少ない。

人の入れるダンジョンの入り口が見つかり、速効でクリアしてブレイブウサウニーをゲットしたところで足踏みとなっている段階なんだろう。

俺の場合……三人目に呼んだ人物がロミナだったのは正解だったんだろうなぁ。

「今はとにかくウサウニーの確保と活動させるための農業改革が必要だな」

かといって……劇的な方法がまだ出てこない。

この開拓地にある物資は自称前線組が不要と捨てていった品々が多少倉庫にあるだけだもんな……ドロップ品とか色々と物資を倉庫に入れておけよ……。

硝子や紡だって手に入れた品々を倉庫に入れていたのにな。

人的要因で単純に難度が高いなぁ。

「ウサウニーってやっぱり畑を耕したりすると増える感じ？」

「収穫をしていると雰囲気に釣られて姿を現すが最近は出てこないのじゃ」

ある程度釣りだけでペックルが釣れた時期はあったけど、ある時全然出てこなくなった事があったっけ。

色々と挑戦する事で数が増えるから挑戦していくのが大事か。

「結局は農業で作物が収穫できなきゃ話にならないか……」

「後はそうじゃのう。すぐに使えそうな畑というとダンジョン内にある畑じゃのう」

「ダンジョン内に畑か……」

カルミラ島のダンジョンにも釣り場があったのを思い出すな。

「ダンジョンってそのまま耕せる感じなの？」

よくよく考えるとカルミラ島のダンジョンの床を掘るって事はしてなかった。

顔文字さんはどうもブレイブウサウニーを手に入れる段階でやっていたっぽい。

「普通のダンジョンでは地面は掘ってもすぐに戻ってしまうがのう。特定の階層では畑に出来るようなのじゃ」

「ダンジョン内は時間の流れが違う感じ？」

「もちろんじゃな。あ、エレベーターの修理はどうにか出来たのじゃぞ。じゃなきゃヤツらがうるさかったからのう」

顔文字さんはマシンナリーも少しは習得してるのか。

ふむ……どうやら俺が前に地底湖に潜って大量に魚を確保したのと同じ感じで特定の階層が畑として使用可能か。

「どうやら階層ごとに四季があるようじゃ。島主は釣りをするのが好きなようじゃし水晶湖のある地下50階がおすすめかのう。水晶が時間で光を放って照射量が変わって時間の流れもわかりやすく、綺麗《きれい》な場所なのじゃ。ただ、迷宮から出て戻ってくると作物の世話が出来ず枯れてしまって収穫時期を逃《のが》してしまう事が多くてのう……」

カルミラ島のダンジョンではダンジョン内部の5日が外での1日経過という時間が流れていた。

「へー……じゃあ、ダンジョン内の畑で徹底的に作物を作ってウサウニーを動かせるだけの量を確保してくれれば良いか」

釣りも合間に出来るみたいだし、現在逼迫《ひっぱく》している地上での畑の浄化作業の合間にするには良さそう。

「畑の部分はそこまで多くはないのじゃぞ？」

ゲーム的な表現だと温室みたいな所だと思えば良いだろうか。

牧場系のゲームで温室というと季節を気にせず作物を植えられる便利な施設だ。

「無いよりマシってやつだな」

現在の状況に適した場所を見つけたって感じだ。

何より水晶湖って所にいるヌシがどんなヌシなのかも非常に気になる。

「そんなわけで物資調達のためのブートキャンプを行う！」

全員が一旦集まったところで俺は堂々と宣言した。

「ほう」

「のじゃー」

「……」

反応はマチマチだ。らるくも黙ってる、ちなみに一番反応が悪いのは姉さんだ。

「誰か俺についてくる人いるー？　15日くらい潜って畑の管理と俺の釣りの付き合いが出来る。超楽しいよー」

「……」

サッと奏姉さんは顔を逸《そ》らして黙り込む。

嵐が過ぎ去るのを待つかのような態度だ。

最近はピーピーと口やかましく騒いでツッコミを入れていたけど、ブートキャンプは嫌らしい。

「私はアンタに頼まれた畑の浄化作業があるし！　ダンジョンは戦闘で別の物資調達をするから降りるわ」

「あ、奏の嬢ちゃんずっりー！　俺もだぞ！」

姉さんとらるくは来ないか。

最初から期待してなかったし、俺が一人で色々とやってくるのが無難か。

「はいはーい！　わらわは一緒に行くのじゃー！」

ここで顔文字さんが元気よく挙手している。

おお……ダンジョン生活に顔文字さんは付き合ってくれるのか。

なら徹底的に顔文字さんに農業を教えられるな。

本当にやる気があるって感じだ。

「私はちょっと遠慮させてもらうかな。薬の調合やウサウニーとペックル達の指示をするから」

「ええ……開拓地の発展を優先したいわ。色々と建てていきたいところね」

クレイさんとミリーさんは開拓地の整備と建造を優先したいようだ。

感覚的にはアルトに任せていた事をやってくれている。

「てりすは途中までだけどダンジョンで採掘したいから一緒に行こうかしら。水晶湖、てりすも見てみたーい！」

お？　てりすも参加か折角《せっかく》の開拓イベント楽しんだもん勝ちだぞ。

「了解。というわけで俺と顔文字さん、てりすの三人でダンジョンの水晶湖にブートキャンプに行こうか」

「頑張るのじゃ！」

「やってくわよー！」

ちょっと不安の残る二人だけど、まあ音《ね》を上げるまでは付き合うとしよう。

「ちなみに水晶湖の季節は春じゃな」

「じゃあ春に植えられる種とかを持っていくのが良いけど……そんな種類ある？」

「そうじゃな……イチゴとジャガイモとニンジンのタネを確保しておるぞ。他にクワに初期のタネとしてカブがあるのう」

「確保って……どこから？」

「ウサウニーを探検に行かせたりすると持って帰ってくるのじゃ。他にダンジョンで魔物がドロップしたりするのう。ダンジョン内で生えていたりもするのじゃ」

へー……そんな代物もドロップするように設定されるのね。

「工房内に最初からシードメイカーが設置されていたね。出来上がった作物を入れると作物の種を生成する道具のようだよ」

出来上がった作物の使い道がまだまだあるってところか……。

普通に面白そうだよな。

ここまで農業で色々あるなら仲間と連携が取れていたら結構凄《すご》い事出来ると思うんだけどなぁ。顔文字さんの元仲間である戦闘組は何もわかってない。

「ここで習得できるマシンナリーのレシピもあるようだし、使えそうな物資で技能強化はしておくよ」

クレイさん達にはそのあたりの技能強化をしておいてもらうのが良いか。

しぇりるがいたら技能的に助かる状況だが……いないのだからしょうがない。

「とりあえず植えられそうな種を持って出発ー！」

「なのじゃー！」

「いえーい！　らるくー！　お土産沢山持ってくるから後で細工をしてくわよー！」

と俺は愉快な二人を連れてダンジョンの水晶湖って所へと向かったのだった。

八話　水晶湖

「おー」

　砂漠のオアシスにあるダンジョン内のエレベーターに乗り、降りていくと……カルミラ島の地底湖に似た感じの湖に無数の水晶が生えた幻想的な階層に出た。

　水晶が光っていてダンジョン内でもそこそこ明るい。

　如何《いか》にもファンタジー感あって中々良い場所だなぁ。

　で、水晶湖がある所の地面の一部に柔らかい土があり、どうやら耕す事が出来るようだ。

「わー綺麗《きれい》ね。この水晶、採掘で持ち帰れるのかしら？」

　てりすは水晶に目を輝かせつつ笑顔で顔文字さんに聞いている。

「破壊不可な所が多いが一部は掘れるようじゃぞ」

「なるなるーノジャちゃんありがとー！」

「カルミラ島の地底湖だと近寄ったところで何かボスが出現したけどどうなの？」

「ああ、奴らが消える前に倒しおったぞ。復活するのじゃが周期はまだ先じゃな」

既に討伐済みか、少し残念だ。

「さて……差し当たって、ここで泊まるわけだけど……」

「テントじゃな！　やや奮発して持ってきた木材でコテージ作成でもしてみるかの？」

想像以上に顔文字さんがアグレッシブな提案をしてくるな。

木材をそんなに持ってるのか？　この砂漠で木材は割と希少だろう。

まあ……オアシスにある謎の林で定期的に生えてきて伐採できるみたいだが。

木工も多少覚えているらしい……この人、戦闘組って割にはサブで色々と習得してる。

「そんな心配は無用だ。俺たちにはコレがある」

チャチャチャーン！　と、ここで俺が取り出したのは前回のディメンションウェーブイベントでの報酬で出たペックルハウスだ。

前にも試した一見するとドールハウスのような代物。

それをイベントリから出して顔文字さん達に見せる。

「なんじゃこれは？」

「あ、硝子ちゃん達から聞いたわよ。絆ちゃんの面白アイテムでしょー？」

てりすは既に聞いてたか。

「これをこうしてこうやって」

ペックルハウスを拠点として使うのに良さそうな場所に設置するとムクムクッとペック

ルハウスは大きくなる。

後は鍵とばかりにペックルの笛を入り口に差し込んで完成っと。

パーティーメンバーは入って使用する事が出来る。

このペックルハウスは携帯シェルターなので使わせてもらおう。

「おー……これは凄《すご》いのじゃ。下手な地上の住居より快適に過ごせそうじゃな」

「やーん。やっぱりおもしろーい！」

「特典なのかなー……この前のディメンションウェーブイベントの報酬で出たんだけど」

「なるほどなのじゃ。つまりわらわもいずれコレに匹敵するアイテムを入手するかもしれんって事じゃな」

確かに、条件的に顔文字さんは手に入れる可能性がある。

「ウサウニーカウンターみたいに反発する可能性があるから顔文字さんがこのペックルハウスに入れるか試しておいて」

「了解なのじゃ！」

顔文字さんがペックルハウスに入って色々と確認を取る。

どうやら反発は起こらない。

「これは……中はペックルグッズが大量じゃな！」

家具の一つ一つがペックルをコンセプトに設置されてるからファンシーであるのは間違

いない。

何人かで生活できるほどには設備が揃《そろ》っている。ベッドもあるしキッチンも完備だ。

「水まで通ってるのね！　下手をしたら地上の住居より豪華なんじゃないかしら？」

「狭いけどシャワーや風呂も入れるみたいだぞ」

「うむ。ここまで設備が揃っておるなら否定できんぞ」

「凄《すご》いわね！　想像より豪華な生活が出来そうでてりす、期待に胸が膨らんじゃうわー！」

燃料は……ハウスの一部に魚をエネルギーに変換する装置が置かれていて魚を一定数入れると補充される。

実に俺向きのアイテムであるのは否定しない。

本来は安全そうなフィールドの釣り場とかで設置してキャンプするための代物であるが、ダンジョンの水晶洞にも使えるというのはありがたい。

ここで俺たちは……まあ、15日くらい気楽に農業と釣り生活に入る事になる。

「みんな気に入った部屋を使ってもらう事にして、ここを拠点に作業をするぞー」

「おー！　なのじゃー！」

「おー！」

顔文字さんとてりすのテンションが高いようで何よりだ。

「あ、本棚に日記があるわね。システムのメモとは別に使えるみたいよ」

「では今回の合宿で交換日記をするのはどうじゃ？　色々と友好を育《はぐく》めると思うのじゃが」

おお、交換日記……漫画やアニメとかだとあるけど実際にするなんてないぞ。

いや、小学校の時に少しやったような気がするけど先生との日誌みたいなものだった気がする。

「なんか楽しそうー絆ちゃんはどう？」

「良いんじゃないかな？　少し恥ずかしい気もするけど」

「えー問題ないわよ。ネットで呟《つぶや》くのと似た感じでやってけば良いのよ」

「そうじゃな。ついでに気になった事などを書いておいてくれると助かるのじゃ」

「了解、そっちも色々とここでしか書けない事とか書いてくれたら嬉《うれ》しいかな」

まだ顔文字さんとは出会ったばかりの関係だし、いきなり交換日記とかハードル高いような気がするけど開拓仲間なんだし色々とやっていくのは良いかな。

「もちろんじゃ」

「じゃあ日記は決定として……早速、レッツフィッシング！　っとする前に、顔文字さんと一緒に畑の確認を先にした方が良いかな？」

「クワで掘るのは任せてほしいのじゃ」

「てりすは掘れそうな所を確認してくわねー」

「あいよ」

という事で俺と顔文字さんは早速畑候補の所に行って畑の様子を確認。

まあ、耕せるってだけでベストとはほど遠いか。

ただ、地上よりは遙《はる》かにマシな未開拓の畑候補地って感じだな。

「まずは掘るのが優先じゃな！　何か問題はあるかのう？」

「んー……出来る限り畑に空気が入るように掘るとかは当たり前にする事で、畝《うね》とかは顔文字さんもわかるよね？」

「当然なのじゃ！　こう、歩いて入りやすいようにするのと柔らかい畑の部分を分けるのじゃな」

「うん」

このあたりはさすがに農業ゲームでも当然のように行われる作業だから顔文字さんも知っているか。

「次に土壌改良、腐葉土とか肥料を混ぜたりするやつね」

汚染された畑じゃないけどこのあたりの下準備はしておくに越した事はない。

「肥料は少し持っておるが……少々心許《こころもと》ないのう」

「まー……このあたりは俺が魚とか確保して肥料に変換するのが良いか」

魚粉という肥料が世の中には存在する。もちろんこのゲームにもある。

餌《えさ》とか釣りと料理技能で自作できたりもするから。

「農業スキルを上げたらレシピにあったのじゃ！」

「あるなら問題ないか、このあたりは基礎として……次は畑の酸性度の確認」

「酸性度？　そんな要素があるのかの？」

「リアルの畑だとある。肥料をやるだけじゃなくて植える作物に適した酸性度にする事も大事なんだ」

少なくとも姉さん達が言っていたあのゲームには搭載されていた。

簡略化されていると喜ばしいんだけど、連作障害を再現されているところを考えるとディメンションウェーブにも施されていると考えて良いだろう。

「んむ……どうやって測れば良いのかのう？」

「リアルだと測定器で測るね。ゲームとかだと確認画面で見る事とか出来るけど……」

「ちょっと農業スキルで確認するのじゃ……出たぞ。pH《ペーハー》６じゃ！」

「となると大体は安全ラインだな」

顔文字さんはなんだかんだ農業をここでやりこんでいたのでカルミラ島で適当にやっていた俺より農業はスキルが高い。

リアル知識では俺が勝るけどスキルは顔文字さんが上なので任せるのが一番だ。

「後は温度とか色々とあるけどそこは逐一やっていくとして、畑の下準備を始めよう！」

「おー！　なのじゃー！」

というわけで水晶洞にある畑になる部分を俺と顔文字さんは耕して肥料を投入、種を蒔《ま》くまでの作業をした。

まずは小さな畑で実践して、後は顔文字さんに畑を耕してもらい、俺は釣り作業に入るとしよう。

水やりは顔文字さんがスプリンクラーを持ってきて設置していた。

このあたりを機械任せに出来るのは実にゲームっぽい要素だ。

「後は細かく温度チェックをしつつ空気と水気を確認。異変があったら農薬を適度に使っていけば良いだけだ」

「何かあったら助言を頼むのじゃ！」

「もちろん！　で、俺は水晶湖にカニ籠《かご》を設置しつつ釣りをする事にする！」

って事で早速カニ籠を水晶湖に設置……しきれないのが歯がゆい。

さすがに在庫が尽きた。どこかで追加生産をしたいところだけど我慢。

そんなわけで釣り糸を垂らす事にして……手始めに餌釣《えさづ》り、いや……何の魚が釣れるかを先に判明させてからでも遅くはないか。

今は出来る限り魚を確保してペックルの食糧確保も必須なわけだし。

「フィーバールアー！」

何が釣れるかを確認するためにかかりが良くなるフィーバールアーを使用してキャスティング！

パワーアップしたフィーバールアーで何が釣れるか！

ボチャン！　っとルアーが水晶湖に入ったところで即座に魚が引っかかる！

「フィッシュ！」

ガクッと魚が引っかかったけど……引きの強さはカルミラ島に近いか。

ミカカゲ関連の魚にはやっぱり及ばないよなぁ。

まあ……狩猟具のスキルに加えて再取得したフィッシングマスタリーの効果でサクサク釣り上げられるほどには積んでいるわけだけど。

この引きなら糸が切れる事なく強引に釣り上げられそうだ。

ぐいっと引き上げて釣れた魚は……黄金と緑色の縞模様《しまもよう》の魚だ。

「イエローパーチ」

日本じゃあんまり馴染《なじ》みのない魚が釣れたぞ。

なんだったか……ゲームプレイ前に事前に調べた魚にあった覚えがあるぞ。

海外だと割とメジャーな魚だった気がする。

淡水魚っぽいから生食、刺身とかには出来ないのが狩猟具とフィッシングマスタリー、料理技能の効果でわかる。
ただフライとかにするのに良い白身の魚だと確認できた。
とにかくサクサク釣っていくぞー。
と再度キャスティング！
速攻で竿《さお》がしなって釣り上げるのに成功した。
次に引っかかったのはイエローパーチじゃなく……。
「肺魚《はいぎょ》」
おお……名前の通り肺で呼吸する魚だ。
シーラカンスとは別に生きた化石に相当する種類だぞ。
これも食用に一応なる魚だ。
「次！」
って事でキャスティングを行い、新しい魚が釣れないか検証する。
そこで新たに釣れたのは……。
「コンゴテトラ……」
これはさすがに俺も調査範囲外の魚だ。
なんか小さいぞ。
体長10センチ。

色合いからして観賞魚っぽいな。

で、ビクッと先ほどよりも強く竿がしなった。

今までで一番引きが強いな。

ただ……ヌシとは反応が違うのであっさりと釣り上げる事に成功した。

「クリスタルフィッシュ……」

水晶湖だからか現実に存在しない魚が釣れるようだ。

なんか水晶みたいにキラキラしてて固くて鋭い。投擲《とうてき》する武器に使えそうな鋭さを持っている。

これ……食えないし魚の解体は出来ないな。

掘削《くっさく》とかそのあたりの方の解体だろう。

なんて感じで釣っていってわかった魚はというと。

鯉、ナマズ、イエローパーチ、ナイルパーチ、肺魚、コンゴテトラ、クリスタルフィッシュといったラインナップだ。

こんな所でも釣れる鯉とナマズの生命力と生息領域の広さを感嘆すべきなのかね。

後は吸血魚とゴーストフィッシュ。お前たちもカルミラ島の地底湖で見た顔ぶれだな。

そこそこ種類は多いかな。

カニ籠《かご》はかかるのに時間がかかるのでそのまま待つ。

「ピョーン！」

ザバァッとペックルと同じくウサウニーが時々釣れる。

島ではどの動作でも開拓生物が出るようだったので同様の結果なんだろう。

後はお約束の水晶湖に潜って隠しがないかの調査もいずれするとして、把握できたのはこんなところか。

さてさて……この水晶湖にはどんなヌシがいるのかお楽しみとしよう。

九話　絆・顔文字・てりすの交換日記

ペックルハウスに日記があったので顔文字さん達と交換日記をする事になった。

15日の滞在を予定しているのでそのあたりまで交代だ。

てりすが帰還したら俺と顔文字さんとで交代で行う事になる。

順番は、俺、顔文字さん、てりすと日替わりで書く。

1日目　担当・絆
そんなわけで水晶湖生活1日目は俺だ。

こういった交換日記をするなんて初めての経験なので上手《うま》くいくかは不安だけど、みんなで交換日記をするのはある種の娯楽になり得ると思う。

って事で始まったわけだが……前にカルミラ島でも似た感じで日記を書いてたな。

途中で小学生の夏休みの宿題みたいになってしまったっけ。

っと……とりあえず書いていくとして、こんな感じで良いのかな？

まあいいや、どんどん書いてくぞー。

この水晶湖で釣れるのは鯉、ナマズ、イエローパーチ、ナイルパーチ、肺魚、コンゴテトラ、クリスタルフィッシュ、吸血魚、ゴーストフィッシュのようだ。

フィーバールアーって入れ食いになるスキルで調べただけなので他にも引っかかるかもだしヌシは引っかからなかったので判明してない。

で、イエローパーチをてりすに見せたらフライにすると美味《おい》しいって言って一緒に料理して食べたけどサクサクして美味しかったな。

淡水魚が基本みたいだから刺身には出来ないけど当面の食糧は問題なさそうで良かった。

色々と料理する事になるけど料理系の技能をてりすも持っていてついでに呼び出したブレイブペックルと料理コンボが発生するのは助かる。

顔文字さんは何か料理のリクエストはない？

2日目　担当・わらわ
2日目はわらわじゃな。
なんだか楽しくなってきたのう。こんな交換日記をゲーム内でするとは思いもしなかったぞ。
ギルドの者たちとは業務報告をしてはおったがワクワクしておる。

で、島主からの質問じゃがつみれ汁とかはどうじゃ？　毎度フライでは飽きるじゃろ？　ところでフィーバールアーとは聞かんスキルじゃが、噂《うわさ》の島主だから手に入れられたスキルかの？

あ、ここに書いたものはここで答えるとかルールを決めるべきじゃと思うので口では聞かない事にわらわはするのじゃ。

後で確認して教えてくれると嬉《うれ》しいのじゃ。

っとここまで前置きとして畑を耕す作業は大分進んでおる。

畑の酸性度というのはよくわからず植えておったがそのような要素があったのじゃな。

農業がしたいと思っておったが奥が深くて学ぶべきところは多いのう。

ところでてりす、掘削《くっさく》する際に叫び声が少々大きくないかのう？

『どっせい！』という声が聞こえておったぞ。

直接話すのは失礼かと思ったのでこの場を借りて言わせてもらったのじゃ。

3日目　担当・てりす

いやーん！　ノジャちゃんに聞かれちゃってた？　ここの鉱脈に思いっきり力を込めてツルハシを振ってたら漏《も》れちゃってた。

はずかしー！

で、ここに来て3日目だけど絆ちゃんのペックルハウスは凄《すご》いわね。

シャワー室完備で外は幻想的な水晶湖でしょ？　鉱脈もあって細工作業にうってつけの環境ね。

絆ちゃんクリーニングマシン持ってたわよね。らるくと細工をするから後で貸してね。

ノジャちゃんのリクエスト通り、明日はつみれ汁にするわね。

ただ、つみれ汁って魚肉なら出来るからそこまでなのよね。むしろナイルパーチでソテーとかにした方がボリューミーなんじゃないかしら？

明日の朝はつみれ汁で晩はナイルパーチのソテーね。

それで気になるところなんだけど作物っていつ頃収穫なのかしら？

ゲームだからすぐに収穫できるようになるのはわかってるけど目安があると収穫した作物で料理を増やせるわよ。

後は……クリスタルフィッシュ、後でちょうだいな。細工で色々と使えそうだから狙ってるの。

ペックルの餌《えさ》にされたら困るわー。

4日目　担当・絆
これで一巡か。交換日記ってこんな感じなんだな。次に確認するまで見れないけど何が書かれてるか楽しみだな。

で、『どっせい！』って声、俺も聞こえてた。そこそこ広いけどここはダンジョンの階層だし音は響くよな。

てりすはツルハシ派だな。俺はドリルで掘削《くっさく》する方が好みだ。

こう……ドリル！　って叫んで掘りたくなるし、掘ってただろ？

クリーニングマシンに関しては了解、俺も使うけどみんなで使ってくれ。


つみれ汁、料理コンボで作ったら別物ってくらいの味になってたな。

魚というよりミートボールみたいな味でアレって逆に料理失敗じゃない？　魚を食ってるのに肉になってしまった感じで。

晩のソテーはしっかり魚のソテーであってほしいところだな。


後はクリスタルフィッシュに関しては了解、ペックルの餌にはさすがに使うような魚じゃないとは思ってた。

これって解体武器での解体じゃないからなー……クリーニングマシンで砕いて鉱石にするのかな？　って思ってた。

顔文字さんが決めた事とは外れてしまうけど明日、てりすにクリスタルフィッシュを渡すよ。

で、後は追加情報。

カニ籠《かご》を沈めて取れるのはガラスの欠片《かけら》ってアイテムが多い。アメジスト原石が入ってたのは驚きだった。

他にイエローパーチとカタツムリ。

投網《とあみ》とか水晶湖に潜って調査もしてるけど……なんか先がありそうなのに植物の根っこみたいなのがあって通れん。

壊そうと思ったけど破壊不可だった。何か条件があるんだと思う。

作物の収穫時期だけど、ものによるかな……カブとジャガイモは早めに収穫できそう。

このあたりはさすがゲームって感じだな。

カブの後は俺の知識だとネギとかが良いのだけど季節が固定化されてるからなー……ネギの後にまたカブとか大根を植えると良いんだよね。キャベツとかもね。

ちなみにジャガイモの後に植えると良いのはネギやトウモロコシ、後はインゲン、枝豆とかもだね。

根菜の後に根菜とか同種の作物は植えないように意識すれば後は経験則でどうにかなっ

ていくよ。

手持ちの種との相談だけど種類がそこまでない挙《あ》げ句《く》季節固定、1日畑を休ませてからイチゴでつなごうか……ちょっとこのあたりは農業知識からズレるけど季節固定なんだししょうがない。

まあ、俺がやっていた農業ゲームの四季の移りが早かった所為《せい》だな。

後は水やりの量と畑の環境整備をしっかりと意識してればカブはそろそろ収穫時期じゃない？

ウサウニーを動かすのが目的だから収穫が早い作物で回すのが良いと思う。

あ、忘れるところだった。フィーバールアーはカルミラ島近海で発生したディメンションウェーブイベントクリア後にブレイブペックルから貰《もら》ったユニークスキルで一定時間入れ食いになるスキル。魔物も引き寄せる効果がある。

5日目　担当・わらわ

了解なのじゃ！　メモメモじゃ。

で、早速カブを収穫したら、なんと品質が上級の上質だったのじゃ！

さすがは島主じゃのう。監修を受けて最適な環境で作り上げた作物だとこのような結果になるのじゃな。

間引きも知識では知っていたが島主に適したものを見てもらう事で想像以上に簡単に出来上がったのじゃ。

この水晶洞での耕せる所は全部耕してカブとジャガイモとニンジンを植えたので徐々に実っていくと思うのじゃ。

で、良いカブを育てた際にクワに経験値がドカッと入って作り出せる種が増えたのじゃ。

どうやら枝豆が出せるようじゃ。カブの品質が良かったのもあり、ラディッシュもアンロックされたようじゃ。

じゃがラディッシュは根菜のようじゃからダメじゃな?

次は枝豆を植えるのじゃな。日記外で許可を得たんじゃったが確認じゃ。

とりあえず今回の収穫でカブを130個確保できたのじゃ。幸いクワから代償なしで出せる種なので数を多く作れるのう。

ダンジョン判定で経験値は少ないようじゃが数と品質が良いお陰で悪くない結果じゃ。

島主の言う通りにずらっと設置して収穫できたのは感動じゃな。

で、カブを収穫していたらウサウニーが5匹ほど出現して地上に行ったようじゃった。

それからカブの後に枝豆を植えたら種がキラキラしておったぞ。

もしや島主の言う作物の相性からのボーナスが何かあるように感じるのじゃ。

どんな効果があるのか見物《みもの》じゃな。

で、ソテーを食べた感想じゃが、とても美味《おい》しかったのう。

料理技能持ちが揃《そろ》って作ってくれたからか食事は美味じゃった。つみれは確かに肉団子と間違えるほどの味わいじゃったからわらわも不安に思っておったがしっかりしてて満足じゃ。

明日あたりはニンジン、翌日はジャガイモが収穫できそうな感じじゃったな。

フィーバールアー……ほう、そのようなスキルがあるのじゃな。となるとわらわは開拓完了後のプラド砂漠でのディメンションウェーブイベントでブレイブウサウニーから何かスキルが貰《もら》えるという事かの？

6日目　担当・てりす
確保した鉱石を加工してたらもうここに来て6日になるなんて驚きね！

クリスタルフィッシュの解析をしてたってのが大きいわね。5日周期で時間経過するんでしょ？

勿体《もったい》ないからもう少し、てりすも滞在するわね。

とりあえずクリスタルフィッシュは砕いて水晶原石にする事は出来るのがわかったわ。

絆ちゃんが日々大量のカニ籠《かご》から原石を持ってくるからホクホクよ。

ブレイブペックルちゃんも細工が出来るのよね。師匠って感じで見てて面白いわ。

カブとニンジンが大量に入手できたから野菜スープやサラダを作ったわね。

やっぱり品質が良いと味も良くて良いわね。豚肉とかあればポトフとか作れるんだけど手持ちの食材でやりくりしないと。

綺麗《きれい》な水晶湖の輝きを見てるのは本当、飽きないわー。

個人的には景観が損なわれるカニ籠《かご》だけど水晶の欠片《かけら》が手に入るから万々歳なのが悩みどころね。

そういえばクリスタルフィッシュと交換でてりすからジオードと化石をあげたけど、アレが原因なのね。

あ、そうだ。細工なんだけどデザインをフリーハンドで作れる所あるけどノジャちゃんはウサギのアクセサリーを作った方が良いかしら？

絆ちゃんはペンギンのアクセサリーが良いと思うけどどう思う？

ノジャちゃんもユニークスキルが手に入ると良いわね！　てりす、こういった隠しクエストは、らるくと同じく探してるから期待してるわ！

7日目　担当・絆

これで三巡か、毎日日記をつけないだけ楽に二人と情報交換できるのは中々楽しいもん

だな。

農業Lvというか七つ道具のクワのLvアップで使える種が増えるんだったのか。

カルミラ島の時は結構適当に使ってたから覚えてなかったや。

まあ……俺はずっと釣りして、みんなに手伝ってもらってたからなー。

枝豆のキラキラ具合は俺も気になってたけど、なんか成長が早いような気がする。成長速度1・5倍とかそのあたりが掛かってそうに感じたかな。

朝見た時よりも日に見えて……雨後の筍《たけのこ》って感じで伸びてるように見えるなぁ。

俺がやってたあのゲームとは別の独自システムって事かな？

こういった隠し要素がこのゲームには散りばめられてるなぁ……と今にして思う。

俺は釣りだけど農業やりたいって最初から農業プレイをするプレイヤーとかいたら俺のポジションにはそういった人がいたのかも？

んで本日、顔文字さんがジャガイモを収穫した後あたりかな？　水晶湖を潜って確認したら根が消えて先に行けた。

進んだ先にも湖面があってそっちにも畑に出来そうな場所があったのは報告したな。なんか木箱に種袋が入ってたし……マジックオニオンってやつ。

さすがにゲーム独自の野菜は俺も判断できないけど……オニオンってところから考えてタマネギかな？

とりあえず植えたけどちょっと俺も自信ないな。実ったら一部は持ち帰って地上でシードメイカーを通して種にすると良いかもね。

ところでヌシがまだかからないのが気になってきてる。

もしかしてと思うけど遭遇条件にこの開拓地の技能Lvとか関わってる？

そうなると今回の合宿じゃ釣り上げるのは難しい事になりそう。

ここに来て壁にぶつかるとか……俺の場合は釣りメインで基礎は高かったけど、まだここは低いみたいだからなぁ……。

ここに釣果《ちょうか》もついでに載せておこうかな。

本日の釣果、鯉45匹、ナマズ30匹、イエローパーチ152匹、ナイルパーチ18匹、肺魚15匹、コンゴテトラ40匹。クリスタルフィッシュ16匹、吸血魚40匹、ゴーストフィッシュ20匹。カタツムリ30匹。他、水晶の欠片《かけら》や宝石の原石類。

カニ籠《かご》との合計なんでこんなところ。

仕掛けは大分わかってきた。てりすの望む通りにクリスタルフィッシュをもっと釣り上げる方向にしたいんだけど何が引っかかるのかちょっとわかんない。フィーバールアー中に引っかけてる数なんだよね。

イエローパーチが多いなぁ。食い切れないのは肥料行きかな。

8日目　担当・わらわ

釣果《ちょうか》の単位がおかしくないかの？

ヒョイヒョイ釣ってると思ったがこれ……1日で釣ってるっておかしいと思うのじゃ。

いや……これくらいしないといかんという事か！　わらわも出来る限り農地に植えて作物フィーバーをさせるのじゃ！

狭いと思っていた所に新しい農地が見つかって良かったのじゃ。

もしかしたら他の安全階層にもこのような拡張地があるかもしれん！

検証が必要じゃが、ダンジョン内じゃないと作れない代物があるかもしれん。ダンジョンキャロットじゃ、ドロップ限定だと思ってたがあり得る！

他にもダンジョン系があるかもしれん。

マジックオニオンも楽しみじゃな。

張り合って本日の収穫物じゃ！　枝豆が300莢《さや》取れたのじゃ！　しかも一部品質が高品質じゃ！　一部収穫した際にゴールドビーンなる種が手に入ったぞ。これは突然変異とかかもしれん！　生憎《あいにく》数が少ないがのう。

それと枝豆の収穫は程々に残しておけば大豆が作れるのじゃったな。

明日あたり大豆が取れると思うのじゃ。

「んー……島主よ。ちょっと良いかのう？」

顔文字さんが交換日記を書きながら俺に声を掛けてきた。

「何？」

「島主は米の作り方はわかるかの？　手持ちの物資で白米は所持しているのじゃがわらわの手持ちが心許《こころもと》なくなってのう」

ああ、米ね。

料理をする俺はＮＰＣからそこそこ購入しているので開拓イベントに呼ばれたとしてもしばらくは維持できる量を持っている。

「米なんてカルミラ島を開拓してる時はペックルが売り出してたぞ」

それまでは魚とかで俺たちは飢《う》えをしのいでいたわけだけどペックル達が売り出したので困らなくなった。

「ウサウニーは売ってくれんのう」

ただ、プラド砂漠の開拓は中途半端で購入は出来ないか。

「米か小麦あたりはないと主食の確保が大変になるわね。てりすもちょっと思ってた」

「農業プレイが推奨されるプラド砂漠じゃ売り出されない可能性はあるか。枝豆が育つと大豆になるけど……」

「豆腐作りが出来そうよね。おからも一緒に出来るかしら、色々とアレンジレシピがあるのよね」

俺とてりすは料理技能持ちなので大豆があればそこそこ作り出せる。

豆腐にはにがりとかが必要になるはずだけどそこはゲームなのでミニゲームで作成だ。

「自作納豆も作りたいわね。だからお米の補充はしたいわね」

「米は玄米を精製して作り出すものだろうけど……玄米は？」

「てりす、ＮＰＣから購入した玄米を少し持ってるわよ。これ使えない？」

てりすが玄米の入った袋を渡してくる。

農業スキルを上げている顔文字さんに見てもらう。

「植えられるようじゃな」

「持ってるのか。なら植えられなくはないとは思うけど……米は春に植える作物でもあるから」

「やり方わかるかの？　普通の畑とは異なるのじゃろ？」

こう……顔文字さんって経験者である俺に聞いてくるけどこのディメンションウェーブで俺の知識がどこまで通じるか……。

「顔文字さんが引っかかってた連作障害に関して米はないって長所はあるんだけど……」

姉さん達があのゲームで投げ出したくらいには米も癖が強いんだ。

「出来ないのかの？」

「色々と温度とか水の量とか気を配らないといけないからなー今までよりも害虫に注意しないといけない。まだ初心者の顔文字さんに出来るかな……畑じゃなく水田にしないといけないし」

ダンジョン内の合宿で俺は顔文字さんに害虫とかを見つけては注意した。

日付変更が発生すると害虫が湧いたりしていたのでその都度《つど》顔文字さんに助言して駆除をな。

クレイさんが持たせてくれた薬で処理をしていたからこそ今回の合宿で収穫まで上手《うま》く事が運んでいる。

「マイナーな方法で陸稲《おかぼ》っていう方法がある。こっちだと連作障害が発生するし収穫までちょっと時間が掛かるね」

「んむ？　米とは水田だけではないのかの？」

「そんなのあるんだー？　てりす知らなかった。絆ちゃん詳しいー！」

農家にならないのー？　って姉さんにも言われた事をてりすは続けてぶっ放してきた。

「前にも言った事あるけど家が農家じゃないしやる気はないよ」

「米は農業の醍醐《だいご》味《み》じゃろ？　水田でやりたいのじゃ」

「了解……この水晶洞の畑を水田に出来るか？」

難しいからこそ挑戦したいって気持ちを俺は否定しない。

だってまだ見ぬヌシを釣るってのが俺の目的であるわけだし。

「とりあえずシンプルに米……イネとはどんなものかというと湿性植物、沼地みたいな湿潤地で生育する植物って事。陸稲《おかぼ》が出来るとはいってもな」

俺は水晶洞の耕作地を確認する。

少々段差となっている……水が流れを作っている所に隣接する耕作地を見つけた。

おあつらえ向きというかなんというかって感じだ。畦《あぜ》も上手《うま》く作れている。

本当は肥料とか色々と使って事前準備をしなくちゃいけないけど、俺たちが現在持っている物資には限りがある。

準備はそこそこにするのが良いな。

「ここが向いてるかな。顔文字さん、ここをクワで掘って、そこが排水先で畑を水田に変える」

「了解なのじゃ！」

顔文字さんが俺の指示通りにクワで掘ると水が流れ込んで水田へと変化していく。

俺はその水の流れを作っている箇所の隣に石材を仮置きした。

「稲作で大事なのはまず玄米から苗……はすぐに変化できるみたいだから良いか」

状態を確認して使えそうな質の高い玄米を顔文字さんに確認してもらってある。

農業スキルをしっかりと振っている顔文字さんと知識はあってもスキル熟練度の低い俺

では見える情報は違う。

「後はこれを一定間隔で植える。水田くらいは見た事あるでしょ？　あんな感じ、さすがに俺も手伝うから」

「了解なのじゃ！」

「まずは苗をこう持って水田のここに埋める感じで……そうそう」

「おー……島主、ゲーム経験だけなのに随分と詳しいのじゃな」

そこはちょっと農家の人に興味があったのでゲームの事なんだけど……と、質問したら植え方を実践形式で少し教えてくれたのを覚えてるに過ぎない。

「あ、なんか楽しそー！　てりすも混ぜてー！」

俺がレクチャーしながら顔文字さんとてりすは楽しそうに田植えを行った。

「ふんふ～ん……ふ～ん」

顔文字さんが鼻歌を歌いながら苗を植えていくんだけど鼻歌でもなんか聞きやすいように感じる。

夜に畑の前で焚《た》き火をして鼻歌を歌ってたしクワの柄《え》をマイクみたいに持ってたっけ。

なんか買い物に行った際に聞いた流行《はや》りの曲っぽい歌だったなぁ。

さて、元々そこまで水田を大きくは確保してないので割とすぐに終わった。

「おー！　簡単に田植えは終わったのじゃ！」

「実際はもっと大変なんだけど、そこはゲーム独自の簡略化ってやつ。ここから注意していかないといけないいんだけどな」

「具体的には何なんじゃ？」

「言うまでもなく病や虫がつくのを注意深く確認して除去する事、害鳥とかも注意しないといけないし……」

　ここは水晶洞だけどどこまで反映される事か。

　虫は害虫って事で現れていたか。

　ゲーム的な要素で案山子《かかし》を設置すると鳥は追い払えるみたいだな。

「深水《ふかみず》管理といって寒さを避けるために水を深めに張って稲の発育を見守ったりしないといけないいんだ。まあ、この水晶湖の温度は一定みたいだけど」

　温度が何より大事で、この川の部分は水晶湖本体よりも高めだ。

　なんていうか文字通り稲作のために作られた場所っぽい。

「稲作の半分は水の管理っていって水見半作《みずみはんさく》って言葉があるくらい大事なんだ」

「色々と大変なのねー。好きじゃないとやってられないくらい細かくててりすだったら売っているお米だけで満足しちゃうわ」

　俺もそう思う。何が悲しくてディメンションウェーブで農業しなきゃいけないいんだよ。

　細かすぎだろと思うけどそこは釣りも同じでやりたい人がやれば良い。

そもそこまで細かくやらなくてもそこそこの代物を作ってくれるとは思う。

最初から良いモノを作る工夫程度の補正だな。

「なるほどなのじゃ」

「農薬代わりのポーションはしっかりと使ってくれよ。虫とか出てきたら報告して駆除をしていけば……まあ、技能がそこそこでも良いのが出来るんじゃない？」

稲には虫が非常につきやすい。連作障害や病よりも恐い事もある。

ウンカとか見つけたら親の敵《かたき》より嫌な気持ちになるって農家の人が言ってたっけ。

防除剤はこの虫のためにあるっぽいのでポーションで抑制は出来るはずだ。

って感じに顔文字さんに稲作を教えていく事になった。

「ワクワクなのじゃ！」

水温のチェックと湿度管理がメインで顔文字さんはマメに畑を確認して回っている。

俺は釣りをしたりして過ごし、てりすは水晶洞内で掘れる所を巡回してたなぁ。

……てりすが掘っている所が徐々に壁の形状が変化していっている気がする。もしかしてマメに掘ると地形変化も起こるのだろうか？

9日目　担当・てりす
昨日から稲作をノジャちゃん始めたわね。帰るまでに収穫できるのかしら？

とは思ったけど翌日にはそこそこ稲が伸びててびっくり。

拡張した農地が出来たのは良いけど行き来に泳ぎが必要なのは大変よねー。

カルミラ島のイベントに備えててりすも泳ぎは少し覚えてるから問題ないけど。

水から出て少し経《た》つと服が乾くから助かるけどこういう所がゲームで良いわ。じゃないとここじゃ焚《た》き火を使わないと服は乾かなそうだし。

そうそう、絆ちゃん。オレイカル鉱石とスターアイスって宝石を手に入れたんだけど加工はブレイブペックルちゃんに手伝ってもらえない？

何か作れそうなんだけど協力スキルで作りたいのよね。らるくはまだ細工を覚え始めたばかりだし人手は多い方が助かるでしょ。

ってかてりすも鉱石報告すべきかしら？　まず石が２００個、オレイカル鉱石が5個、スターファイア2個、スターアイス3個、ミラカ鉱石40個、銅鉱石16個、鉄鉱石6個、化石4個、水晶原石30個、ルビー原石4個、アメジスト原石3個、トパーズ2個、サファイア原石3個、アクアマリン1個ね。

他に開拓地専用の鉱石も手に入ったわ。こっちが多いけど普通の鉱山で手に入れる原石の入手数が少ないのはダンジョン仕様って感じね。

絆ちゃんのクリスタルフィッシュが手に入らなきゃ割に合わないって思っちゃうわ。

で、クリスタルフィッシュは砕くと中に原石が結構混じってるからその分を集荷してるわよ。

絆ちゃんがポンポン釣り始めたからてりす、まだ滞在するわよー！

クリスタルフィッシュがびっくり箱みたいで面白いのよー！

10日目　担当・絆
ああ、クリスタルフィッシュが何に引っかかるのかわかったぞ。

てりすのリクエストであるし検証してたら仕掛けを見つけた。

まあ……ルアーに食いつきはしないのにちょっかいを出してたからヒントって感じだったわけだけどな。

ある意味餌《えさ》釣《づ》りになるのかね……ガラスの欠片《かけら》を巻き付けて釣り糸を垂らしたら引っかかった。

主食がガラスって事ではないとは思うけど鉱石を食べて成長する魚って事なんだと思う。

てりすのリクエストがあるから釣ってるけどそれ以外のも釣りたいところだなぁ……。

後は俺の仲間のしぇりるが得意としてる銛《もり》での漁もしてみた。

引っかかるのはナイルパーチとナマズ、それとクリスタルフィッシュ。吸血魚。

こっちの方が簡単かな？　魚影が見えたらだけどさ。

稲作なんだけど、定期的に水温チェックをしてるけど温度が思ったより安定しないのな。

水晶湖だから温度は低いかと思ったけど温かめだったりするし、時間帯によって変わるっぽい。

収穫時期は成長の様子から俺の読みだと……6日から7日くらいだな。明日あたりで成長が一旦止まって2日くらいは変わらないんじゃないかな?

顔文字さんがマメに雑草の処理や害虫駆除をしてくれているから排水をしやすいように準備してる感じ。

明日あたりから放水してガス抜きすると根が力強く地中に根を張ってくれるようになる。

ゲームだから案の定成長早くて助かるな。

このあたりから害虫の出現が増すから要注意。ポーションは惜しまないように。

11日目　担当・わらわ
やっと稲作は半分なんじゃな。マジックオニオンも大分大きくなりつつあるのう。
しかしこの交換日記も11日目とは驚きじゃな。
11日も一緒にいると島主の性格もわかってきておる。

根気に関しては奏を凌駕《りょうが》するのは間違いないのう。何事もやり遂げる意識を持っておるので将来は大物になり得る逸材じゃ。

っと、のじゃロリ狐娘《きつねむすめ》ムーブをしてみるのじゃ。

さてさて、色々と学ばせてもらっておるが持ち込んだ種が大分減ってきたのう。クワから出せる種以外は使い切ったようなもんじゃが、どれもしっかりと実をつけてきて何よりなのじゃ。

そうそう、枝豆が大豆になったので収穫したんじゃった！　枝豆の残りで２００莢《さや》じゃ。品質はそのまま維持で美味じゃったぞ！

てりすと島主が豆腐とおからを作っておったが絶品じゃった。

明日は納豆が出来ると言っていたので今から楽しみじゃ。

わらわが作った大豆で絶品料理……これほど美味《うま》い食べ物はないのう。

ところで油揚げは作ってくれないかの？　いなり寿司も食べたいのじゃ。

12日目　担当・てりす
ノジャちゃん。食いしん坊さん！

とはいえ大豆があると色々と料理が出来ちゃうから便利食材よね。

枝豆も美味《おい》しかったし、らるくがいたらお酒を望んだと思うわよ。

ただ、このゲームだとアルコール類は料理酒以外だと無いのよね。健全なゲームだからしょうがないのかしらね。

あービールをてりすも飲みたいような気がしちゃう味わいだったわ。

話は戻って大豆だけどもっと数が欲しくなってきちゃうわね。その分、色々と作れるようになるはずよ。

味噌《みそ》とか醤油《しょうゆ》とか調味料も作れるようになるはずだけど……このあたりは錬金に力を入れてるクレイさんにお願いするところかしら？

ちょーっと料理とはズレてるのよね。レシピが出ないのよ。

塩分は岩塩で確保なのよね。プラド砂漠は。

ノジャちゃんも農業に関してわかってきた感じかしら？　稲がどんどんそれっぽく成長していってるのを見ると凄《すご》いと思うわ。

絆ちゃんが釣りをしてるところに色々と季節の作物の育て方を聞いてたわよね。

で、絆ちゃんだけど……相変わらず釣りするか化石のクリーニングするかしかしてないってくらいずっと同じ作業を出来る集中力は素直に凄いわ。

動画配信とかずーっとやれそうよね。釣りをしつつノジャちゃんと話が出来てたし、才能あるんじゃないの？

13日目　担当・絆

のじゃロリ狐娘《きつねむすめ》をてりすにスルーされる顔文字さんに黙祷《もくとう》。

動画配信っていってもなー……俺ってダイヴ系のゲームは体質的に出来なくてさ。このディメンションウェーブはそれに対応したやつだから参加できてるだけなんだよな。

レトロゲームの配信は出来なくはないけど人気ゲームはやっぱりＦＰＳとか対戦ゲームが多いでしょ？

ずっとは出来ても人気配信者にはなれないと思う。そんな上手《うま》くないんだよね。

根気があるっていっても単純作業が苦じゃないってだけだから。

明日あたりに米の収穫が出来るかな？　顔文字さんは知識が無くてもやる気はあったから稲もちゃんと育って良かったよ。

ただ、やっぱり害虫が沸きまくったね。どこからあんなに沸いたのか……ポーションを使わなきゃどうなっていた事か。

ところで、顔文字さんさ……なんか晴天の空でいなり寿司を食べてますって感じで休憩中に食べてたけどここ水晶洞で天井あるから締まり悪かったぞ。

まあ、畑に顔文字さんが張り付いていたからこそ色々と問題も気付いてたから上手くいったんだけどさ。

マジックオニオンも収穫できた……マンドラゴラみたいな顔のあるタマネギって感じだ

った。

てりすと相談して料理した感想は魔力回復効果の高いタマネギ？

でさ、もう水晶湖生活も13日目か。相変わらずヌシが引っかからないなぁ。

まあ本命はウサウニー達を確実に活動させるための野菜の調達だから目的は十分かな？

カブは十分確保できたしニンジンとかジャガイモもさ。

今後の食事の確保を考えると枝豆と大豆あたりは楽な作物だね。

で、こんな長く付き合ってくれる二人には驚きだよ。

あの硝子だって15日の釣り生活には付き合ってくれなかったのになー。

今回のダンジョン生活で二人の事を大分わかったし楽しく過ごせたと思う。

交換日記も楽しかったし、この場を借りてお礼を言っておこうかな。ありがとう。

俺は二人が本当はひきこもりでニートの子供部屋おじさんのネカマだったとしても嬉《うれ》しいよ。

十話　田んぼに潜むヌシ

「誰が子供部屋おじさんじゃ！　最後のは余計じゃろ！」

14日目、顔文字さんが米の収穫を終え、交換日記を開いて読み始めたところで叫んだ。

「ちょっとどうしたのノジャちゃん⁉」

てりすも驚いたのか顔文字さんに尋ねる。

「どうしたもこうしたもないのじゃ！」

顔文字さんが日記をてりすに渡して読ませる。

するとてりすも眉を寄せた。

「絆ちゃんひどーい。てりす、リアルがどんなのか話したじゃなーい」

「そこはこう、あくまで自己申告だし」

「らるくの話とかどうするのよ。てりすの彼氏よ」

「口裏を合わせている可能性は捨てきれないでしょ。逆にらるくが女かもしれない感じで」

するとてりすが口に手を当てて吹いた。

「ぷっ！　らるくがリアル女とかないない！　絆ちゃんも面白い考察するじゃないのー」

「どこまでも徹底しておる……そもそもなんで子供部屋おじさんなどとわらわ達を思っておるのじゃ？」

顔文字さんが日記を指さして抗議するので事情を説明しなければならないようだ。

「そりゃあネトゲあるある的な感じでさ。可愛《かわい》い女の子アバターで第二の人生楽しみたい的な発想？」

「……おぬしもしや出会う人全てにそんな風に接しておるのではあるまいな？」

……まあ、姉さんと紡以外は割とその可能性を視野に入れて接しているとは思う。

おそらく違うだろうなってのは硝子と闇影あたりかな？

というか、みんなで楽しくゲームをするのは良いんだけど、出会いを求めているわけじゃないんだよ。

「その表情は確定じゃな。島主よ、自身の格好からみんなそうじゃと思うのは大間違いじゃぞ」

「俺のこの姿は姉さんと妹の所為《せい》だし……本当は屈強な男アバター予定だったんだよ」

「それにしたってわらわ達を子供部屋おじさんと仮定して接するのはどうなんじゃ？」

「まあこの場にいる全員が実は子供部屋おじさんだったりする可能性もあるが……」

そういう展開も割とリアルにありそうだよな。

俺は子供部屋おじさんではないが、二人に証明する手段はないしさ。

「なんじゃその地獄のような絵面《えづら》は……」

確かに。傍《はた》から見たら結構笑えるが事実だったら地獄だ。

うーん、中々面白い展開になったなぁ。

内心ちょっと笑っていたら手元が狂ってフィーバールアーが収穫後の田んぼの水路へと落ちてしまった。

「なんていうのかしらね……絆ちゃんって、前々から思ってたけど黙々と釣りをしつつ畑に関する助言をする所とか、今回の強化合宿も含めて思うけど、仙人みたいよね」

「じゃな……中身男という割には随分と枯れておる。初めて見るタイプじゃ」

「ノジャちゃんもあんまり騒ぐと子供部屋おじさんになっちゃうけど実際どうなの?」

「わ、わらわはリアルを話すわけにはいかんのじゃ。けど子供部屋でもおじさんでもないのじゃ」

色々と込み入ってるな。大変そうだ。

ヒョイッと引き上げようとしたところでガクーン! っと今までで一番強い引きを確認した。

「お!」

ぐいっと竿《さお》を上げるとメチャクチャしなった。

この手応《てごた》えは間違いなくヌシだ！

いくら釣ろうと水晶湖に釣竿《つりざお》を垂らしていてもヌシがいる場所に入らなければ意味がないって事か⁉

こんな水田跡に潜んでるなんて思うはずもない！

バシャバシャとヌシが抵抗を見せる。

「なんじゃ？」

「大物が引っかかった。この手応えはヌシだと思う。フィーバールアー2で引っかからないと思ったらこんな所にいたのか！」

「ほう……上手《うま》く釣り上げられそうかの」

「それはまだわかんない」

「ノジャちゃん！　絆ちゃんのヌシ釣りよー！　ファンクラブの人たちが見たがってる姿なのよ」

てりすがキャピキャピって騒いでる。そっちに意識を向けすぎると負けそうなんで後回しにしよう。

ギリギリとリールを巻きつつヌシらしき奴が行きたい方向とは逆に竿を振って戦う。

泥の中を泳ぐヌシらしき奴の引きの強さは驚きだ。

こんな場所に潜んでるヌシってのは一体どんな奴なんだと疑問が湧いてくる。

ヌシらしく、針と糸に攻撃をしているのがわかるし妙にヌルッとする奇妙な感覚で動き回っている。

だが俺の今の装備を侮《あなど》るなよ。

俺が今装備しているのは蒼海《そうかい》の狩猟具にセットした武奈伎骨《うなぎぼね》の釣竿《つりざお》だぞ。糸はカルミラの糸だし。

引きの強さ的にカルミラ島のシーラカンス・ラティメリアと似た相手だと判断できる。

ならば俺に負ける道理はない！

モーターリールと電気ショックを発動させて引き上げる。

ブシャッと抵抗とばかりに泥から跳ねて姿を見せるが泥を纏《まと》ってパッと判断できない。

「なんじゃろうな？」

「泥臭そうねー」

「釣ったらボス戦闘とかあるのかのう？」

「釣って戦闘に——なったのは河童とかだけど、違うと——思う」

地味に抵抗するぞこのヌシ。ええい！　大人しくしろ！

直接攻撃するほどじゃないけど抵抗しやがる。

「河童って……どこで釣ったんじゃ……又聞きで河童装備を聞いたが」

「あったわねーもしやと思って声を掛けたら丁度釣ってたのよね」

よーし、一気に畳みかけるぞ！

「フィッシュー！」

ぐもも……と、泥から引き寄せて出すと……そこから顔を出したのはヌシ肺魚プロトプテルス・エチオピクスと名前が記されていた。

大きさが2・5メートルもあるヌシだった。

他の肺魚が50センチ前後だったので大きすぎ、というか別種だなコイツ。

「相変わらず暴れてた魚影よりも大きいわ！」

「魔物と見ても良いくらいの大きさじゃな」

「よーし、釣る事が出来たぞー」

これで俺の目的の一つは完遂したようなもんだ。

まさか田んぼの方に潜んでいたとはな。

しかし……いくら肺魚といっても泥の中だけに生息しているわけでもあるまい。

「泥の中にとか……どんな配置をしたんだと疑問に思うが……もしや農業を設定されたプラド砂漠補正という事か？」

正しいかわからないけど畑や水田に釣竿を垂らすと釣れるものなんかも出てくるのかもしれないという可能性が出てきたぞ。

水田は釣れる可能性はあるからなー……水場だし。

何にしても水晶湖の水田に隠れてたって事だからこんなに時間が掛かったんだな。

「肺魚って確か夏眠《かみん》する魚でしょー乾期でも平気って奴ー」

「そのあたりの再現って事なのか？　でも水晶湖の設定温度は春なんだが……」

「この魚ーなんかよく見るとラブリーな顔してるーキモカワって感じねー」

キャッとてりすがヌシの顔を指さして言ってるけどサイズが大きくて不気味って感じだぞ。

「中々のファイトじゃったな」

「んー……カルミラ島で釣ったシーラカンスと同じくらいだったかな」

実際、そこまでの強さじゃない。

釣り具が相当強力だったから糸が切れる危険とかなく、かなりごり押し気味に釣り上げられた。

顔文字さんの仲間が絶望したダンジョンの魔物の強さと同じ感じというのかな？　据え置きというか毛が生えた程度ってやつは間違いないだろう。

この場所に隔離されたまま新しい狩場に行けないのは確かにちょっと辛《つら》いかもしれない。

俺もまだ見ぬ魚を沢山釣りたいからなー。

「さすがに鍵とかは付いてないか」

「確か島主の時はブレイブペックルの部屋に入れる鍵が付いておったんじゃったか」

「顔文字さんは地面掘ったら出てきたんでしょ？」

楽に手に入ってちょっと羨《うらや》ましい。

このあたりの難易度が軽いのか、運の判定か何かがあるのかはわからん。

「そうじゃな」

魚拓をしっかりととってーっと。

「らるくに見せてあげたいけどどうしようかしら？」

「さすがに持ち運ぶのは骨が折れるし、この開拓地から出て島の水族館に行けばヌシは登録されて見れるから後で良いんじゃないかな」

「そっかー後でてりすがらるくに教えてあげないとね」

「水族館デートじゃな！」

「えー……てりすデートするなら水族館より博物館が良いわー鉱石とか原石とか置いてある所が良いー魚見てもどう調理するかしか考えないもん」

あ、らるくが前にそんな事言ってたのを思い出した。てりすの事をよくわかってる。

何にしてもプラド砂漠のヌシは俺が最初に釣ったぜ！

「じゃあ早速解体と行きますかー」

と、解体して出てきたのは古代魚系の素材……やっぱりシーラカンス枠だなー。

少し型落ちで残念。

「さて……素材は手に入ったけど、ロミナに会うまでは倉庫入りかなー……」

「アクセサリーの材料に出来ないかしら？」

「クレイに頼んで薬などの材料になるかもしれんぞ」

「ああ、そのあたりで良いか。古代魚素材って化石で代用できるし、必要なものがあったら使ってくれて良いよ」

「島主の装備はヌシ由来が多いと聞くがこのようにして装備を揃《そろ》えておるのじゃな」

顔文字さんの質問に頷《うなず》く。

俺の装備って大半が釣って手に入れた素材をロミナに加工してもらったものだ。

「生憎《あいにく》、武器は難しいが防具の一部はブレイブウサウニーに頼めば作ってもらえるからそっちも確認すると良いかもしれん」

「ヘーブレイブウサウニーって防具作れるのか」

ブレイブペックルが細工と付与を使えたけどブレイブウサウニーも同様に技能持ちなんだな。

「奴は裁縫が出来るぞ。だから服飾系は完備じゃな」

「じゃあ細工の時に一緒にいたらコンボ発生しやすくなるかもね」

確かに、技能的にてりすが専攻してる細工関連に融通が利きそう。

ブレイブペックルと仲が良いらしいしコンボは発生しやすそうだ。

「難点を言えば作れる防具の種類が服限定でアクセサリーも一部といった所じゃ」

種類がそこそこ限られてるか、まあ利用しない手はないかな？

「俺が着てるのはエンシェントドレスだけど何が作れるかね」

「後で確認じゃな」

「その場合、同種の装備だからなー……性能が似たり寄ったりなら誰か他の人に回すのが無難だなー」

誰に装備してもらうのが効率的かね。

「装備効果にフィッシングパワーが付いてるけど基礎性能は高めだったかな」

今だと少し型落ち感は否めないけど強力だ。

バランスアシストとか運動神経系へのサポートもあるし水泳も出来る。

「服限定でしょ？　となるとノジャちゃんかてりす、クレイさんとミリーさんかしら」

「戦闘で使うのなら被弾しそうな者が使うのが好ましいのう」

硝子が最近、釣竿《つりざお》を武器に使い始めたので選択肢として渡したいけど……仮に硝子がいても着物を好んで着てるから難しいかな？

らるくと姉さんはー……一応、戦闘時は鎧装備《よろいそうび》か、姉さんは着ぐるみ着用が一番防御力上がるけどさ。

……ウサウニー着ぐるみとかもいずれは出来るのだろうか？

「装備効果だけで見たら実用性は劣るけどな」

「そこは基礎性能で割り切るのも大事じゃぞ」

お、どこぞの自称前線組とは異なり顔文字さんは結構大らかな認識のようだ。

効率だけが全てじゃない、全てを楽しむスタンスは好感が持てる。

さすがは本物のトッププレイヤーだった人だ。

「そもそも島主の活躍を考えて装備に拘《こだわ》る次元じゃなかろうて」

「そうねー絆ちゃんの防具、基礎性能結構高いわよ。被弾を考えるとノジャちゃんかしらね。ヒーラーが倒れると困るでしょ」

「そのあたりは相談してからで良いのじゃ」

って形で軽くヌシ素材の使い道を話した後の事。

「島主のわらわ達への認識はこの際、気にしない事にするとして……明日はどうするかの。収穫も一区切りじゃ」

強化合宿によって作物を確保はある程度できた。明日は残った作物を収穫するだけだがそれもすぐ終わる。

で、強化合宿の見積もりの最終日で時間が多少余裕がある段階だ。

「そのまま帰るでも良さそうだけど何かあるのかしら？」

「俺は別に帰っても良いと思うけど？」

「せっかくじゃし最下層のボスを倒して帰るのはどうかの？　エレベーターで一瞬じゃ」

「え？　この面子《メンツ》で倒せるわけ？」

俺と顔文字さんとてりすの三人でダンジョンのボスを倒せるのだろうか？

まあ……カルミラ島のダンジョンのボスであるドラゴンゾンビは硝子と紡の二人でも倒せたから難しい相手じゃないのかもしれないが。

「大丈夫じゃよ。わらわが注意を引く。てりすが魔法を使い、島主が適度に攻撃すれば倒せるじゃろう」

「そっか」

「ダンジョンのボスって何かしら？」

「デビルズドラゴンじゃな。ドラゴンゾンビの亜種のような魔物じゃったぞ」

「へー、ドロップや素材も似た感じ？」

「うむ」

なるほど、そこまで脅威じゃない上に手頃な土産って事で良さそうだ。

「それじゃ明日の収穫が終わったら行って帰ろうか。帰るだけだから……顔文字さんが日記を書き終わったら翌朝の出発時にてりすが日記を書いて交換日記は終了だね」

「快適すぎて思ったより長く滞在しちゃったわ。てりすも結構、細工が出来たし文字通り強化合宿だったわね」

ちなみにダンジョン内での細工とかは手に入る経験値に補正が入って少ない。

実は釣りもそうだけどそこは数で誤魔化《ごまか》す感じだな。

顔文字さんがやっていた農業系の技能も同様だけど、上手《うま》くいってなかったのでLvも低かったそうでそこそこ上がったらしい。

「農業って傍《はた》から見ると大変そうねーてりす、農家さんに感謝しなきゃいけないわ」

「じゃな。ともかく、島主には今後も色々と教えてもらいながらわらわも農業をしていくのじゃ！」

って事で俺たちの時間は過ぎていったのだった。

「了解なのじゃー」

14日目　担当・わらわ。

苦情を入れたが誰が子供部屋おじさんじゃ！　島主はもっと相手を信用すべきだと思うのじゃ。

っと注意するのはこれくらいにしてやっと稲の収穫が出来たのじゃ！　地上に戻ったら脱穀をしてお米にするんじゃな。

今から楽しみじゃ。本当、米を作るのは大変な事なんじゃな。

わらわだけで農業をしようとしても中々上手くいかないものじゃ。

作物は大分でき上がったのう。これで当面はウサウニー達を動かす事が出来ると思うのじゃ。

他の階層はそれぞれ四季が異なるので今度はそっちで強化合宿をするか考えねばならん。

まあ……ここはわらわが独自にするとしていくのが良いかの。

ともかく判明した事は、後作《あとさく》に相性の良い作物を植えると品質や成長が早まるボーナスがあるようじゃ。

後は島主の言う通り農薬は大事という事じゃ。無農薬では収穫量に圧倒的な差がある。

そして品質も安定して良いものが多かった。

実に有意義な合宿じゃったぞ。

子供部屋おじさんと言われた意趣返しとして島主は己《おのれ》の事を男だと思っている幼女と思う事にするのじゃ。

15日目　担当・てりす
そんなわけで最終日はてりすね。今、ノジャちゃんが最後の収穫をしているところを見ながら書いてるわ。

いやー日記外でも言ってるけど快適な生活だったわ。

綺麗《きれい》な水晶湖でやりたい事だけやるってのも悪くないスローな生活よね。

魔物を相手に戦うとかクエスト探しに夢中になるのも良いけどこういったゆったりとした時を楽しむのもこのゲームで大事な所ね。

地上に戻ったら細工をもっとしていく予定だけどー……後は何をしていけばいいのかしらね。

家作りとかカルミラ島にあったような作業の手伝いはする事になると思うけど、この調子なら思ったより早く開拓は終わるかもしれないわね。

さてと……この後は最下層でボスを倒して帰るって話だし、強化合宿の感想をここに書いておくわ。

楽しかったわよー絆ちゃん達の事を知れてよかったわ。

子供部屋おじさん扱いされたてりすから絆ちゃんへの仕返しは絆ちゃん、本当に男の子なのかしらね？

それくらい、一緒にいて男の子っぽさがなかったわー。って煽《あお》っておしまい。

「うーむ……」

てりすに交換日記を書き終わったと返されたので読んだ。

しっかりと二人とも日記内で俺への反撃をしている。

自分を男だと思っている幼女……なんとも面白おかしい返答だ。

とはいえ俺はしっかりと男だぞ、リアル。

俺のどこに男らしさを感じられないというのだろうか？

「じゃあ出発しようか」

俺は今までお世話になったペックルハウスを収納するためにペックルの笛を外してボタンを押す。

するとペックルハウスはドールハウスサイズまで収縮して収納する事が出来るようになった。

「地上でも設置して使えないかしら？」

「出来なくはないけどそんなに気に入った？」

簡易コテージだから最終的には建築した家の方が設備的には優秀な代物のはずだぞ？

まあ……キャラクターグッズ的な意味だと欲しいのかもしれないけど。

「時々泊まるのに楽しそうよねーって思うのよ」

「島主なしの強化合宿をしたらこれが使えないと思うと辛《つら》いものがあるのう」

否定はしない。

いずれはここまで高性能なコテージ……シェルターがどこかで手に入るかもしれないが、今は手元にないわけだし。

どこでも泊まれる場所に出来るって点はかなり優秀な代物だったよなー。

「ともかく出発じゃな」

「サクッとボス倒していこー！」

「おー！」

っと、俺たちはエレベーターに乗り込んでサクッと地下１００階へと向かった。

エピローグ　デビルズドラゴン

チーン……と件《くだん》のボス階層に到着。

「そういえばさ、このプラド砂漠を入手するためのリミテッドディメンションウェーブってどんなイベントだった？」

「迷いの砂漠を彷徨《さまよ》って進んだ先で妙な遺跡に入ってのう、そこの数々のトラップをくぐった先にいた古代兵器コールドローンを倒したら貰《もら》えたのじゃ」

「へー……開拓終了後はここでもメモリアルクエストが出来そうだなー」

やっぱりカトラスみたいな優秀な武器ってのが手に入るのだろうか。

「クエストは大事よね。てりすもらるくと一緒に攻略するわよ」

「俺もやる事あるのかなー」

「島主ならきっと初見突破可能じゃろう」

どうかな……まあ、カルミラ島の時は俺も偶然クリア出来たけどさ。

「ではボス戦じゃ」

っと顔文字さんが指さした先には玉座があって、その前にドラゴンの亡骸《なきがら》が倒れている。大きさはやっぱり15メートルの大型ボスな見た目。
うん……ドラゴンゾンビの亜種ってのは間違いないようだ。
俺は狩猟具を釣竿《つりざお》に変えて弓代わりに使う事にした。

蒼海《そうかい》の狩猟具　☆
□（銛《もり》専用スロット）リザードマンの槍《やり》
■武奈伎《うなぎ》骨《ぼね》の釣竿
■青鮫《あおざめ》の冷凍包丁〈盗賊達の罪人〉
■高密度強化エネルギーブレイドアタッチメントV
専用効果　水属性強化　銛カテゴリー武器倍率アップ　蒼海の導き

久々の戦闘での武器使用って感じだなぁ。
エネルギーブレイドじゃなくて別の弓矢を使うのも手だな。
問題は矢の確保が現状だと大変だから厳しいか。
ロミナがいない環境って中々厳しいもんだ。矢を自作しなきゃいけない。
んー……やっぱ釣竿と釣り具で代用するのが良いか。
「まずわらわがヘイトを取るからその後に島主とてりすは各々《おのおの》攻撃するのじゃ」

「わかったわー」

「了解、足りない人手は俺がペックルを呼び出して補充するよ。カモンペックル」

「「ペーン！」」

ブレイブペックルは地上に呼び出してるけど……大丈夫だろう。

こういうボス戦こそブレイブペックルの活躍どころだし。

「絆ちゃんがいると足りない人員も補充できるから便利ね」

「島主……ソロでどこでも行けるのではないかの？」

……非常に悲しくなる事を言わないでもらいたい。

そりゃあカルミラ島での領主クエストをほぼ一人で一式達成した事あるけど、だからといって楽しいわけではないぞ。

魔王軍侵攻イベントとかも闇影とペックルで遊撃隊が結成できた。

「顔文字さんも……いずれそうなるさ」

「そうなんじゃろうなー……まあ、アヤツらの相手をするのも面倒じゃと思っておったし心機一転するには良いかもしれん」

「あんまりNPC頼りにしてるとボッチになっちゃうから二人とも程々にすべきだとてりす思うわ」

まあ……誰にも頼らず戦うって極論そうなっちゃうよね。

「ではまずバフを掛けるかのマジックアップ、マキシマイズパワー、スピードクロック！」

ぐぐっと顔文字さんが俺とてりすに強化魔法を掛けてくれた。

おお……これが強化、ゲーム用語でバフってやつか。

思えば今までの俺や硝子って個人の能力によるごり押しがメインでこういったサポートは全くしてなかった。

そりゃあこういったサポートは連携じゃ当然する事だよなー。

って事で顔文字さんがボスのデビルズドラゴンへと近づくとドラゴンゾンビの使い回しの演出でググッとデビルズドラゴンが起き上がった。

「ガァアAAAAAAA！」

ってわけでボス戦に突入した。

俺も戦闘モードに入って周囲の時間の流れがゆっくりに感じ始める。

「ホーリーボールなのじゃ！」

顔文字さんが光の魔法を唱えてデビルズドラゴンにバシバシと攻撃する。

するとデビルズドラゴンが顔文字さんへと顔を向けて黒いブレスを放ってくる。

そのブレスに対して顔文字さんは魔法詠唱《えいしょう》に入った。

「マジックシェル、ヒールフィールド」

魔法の膜のようなものを展開、持続回復効果のある魔法を立て続けに唱え、デビルズドラゴンの攻撃を顔文字さんははね除《の》けつつ回復していく。

顔文字さんが攻撃！　っとばかりに振り向いて指示を出してきたので俺も攻撃に入ろう。

「いくわよー！　プリズムマジック……からのールビーファイア！」

キラッとテリスの体についている宝石が光ってから装備しているアクセサリーが連動して輝き、赤く輝く炎の魔法がデビルズドラゴン目掛けて飛んでいく。

かなり派手な炎の魔法だ。ブレイブペックル製の腕輪で魔法性能が上がっている。

うちのドレイン忍者はドレインや雷《かみなり》、風の魔法ばかり使いたがるからあんまり見る機会はなかったけど、てりすの魔法はやはりエフェクト派手だなー。

ゴウ！　っと炎の魔法がデビルズドラゴンに命中して焼き焦がす。

「ギャオOOOO！」

おー……良いダメージが入ったなぁ。

カルミラ島のドラゴンゾンビと戦った頃は強力な装備がそこまで揃《そろ》ってなかったから工夫でどうにかしたけど顔文字さん達は装備を揃えてる。

腕も良いから簡単に勝てるってのも納得か。

さーて、俺も攻撃をするわけだけどいきなりルアーをぶつけて攻撃では顔文字さん達に呆《あき》れられてしまうかもしれないし、遠距離攻撃ばかりでは芸が無い。

「ギャアアァォオオオオオOOOOO──」

っと、戦闘モードに入り、高速状態になると相変わらず俺は加速が掛かる。

……ブレスを吐き終わり、噛《か》みつきを顔文字さんに放って耐えられた隙《すき》が発生している最中なのでこの隙を利用して冷凍包丁での近接攻撃をしよう。

「クレーバー」

俺は素早くデビルズドラゴンに近づき、冷凍包丁を握りしめてクレーバーを放つ。

「ギャ⁉」

お？　仰《の》け反《ぞ》った？　なら立て続けに追撃をさせてもらう！

ズバズバッと三回斬りつける。

「ギャアア⁉」

お！　再度仰け反ったぞ。

どんどん行くぞ！

「ちょ──ちょっと──島主」

「ん？」

顔文字さんの音飛び気味の声が聞こえたので振り返る。

「ギャアアアオオオオオOOO」

あ、デビルズドラゴンが俺に顔を向けてきてる。

攻撃しすぎてヘイトを取りすぎてるって注意したいんだろう。

連携を意識すると攻撃しすぎちゃったか。

ここは一旦離れて顔文字さんがヘイトを取り直すまで待った方が良いな。

ダダッと尻尾《しっぽ》を振り回しからの叩《たた》きつけを予測して脱兎《だっと》の如《ごと》く俺は走って逃げ、追いかけても距離を詰められないように罠《わな》のトラバサミを一個設置。。

そこから置き土産に武器を釣竿《つりざお》に変えて光のルアーでスナップを掛けてぶつけておく。

ガチ！　っとデビルズドラゴンの足にトラバサミが掛かって足止めが作動、ボスだからすぐに外れるけど距離を稼ぐのに十分だろう。

って思ったんだけどー……デビルズドラゴンのＨＰが既に3分の1まで減ってしまっていた……思ったよりも柔らかいなぁ。

動きも鈍重《どんじゅう》だし……。

「ギャアアオオオ！」

ブワッとブレスを俺に吐いてきたけど距離があるのでそのまま横に走って避ける。

……このまま一気に削りきれそう。

ハイディング・ハントを使ってヘイトを顔文字さんへと戻そう。

サッと瞬間的に隠蔽《いんぺい》状態になって、ヘイトを戻させようと……取りすぎていた所為《せい》かデビルズドラゴンがキョロキョロと俺を探すモーションをしている。

うーん……さすがに対策はされてるか。

当てずっぽうでも俺がいる所を攻撃しようとするようだ。

かといって速度は鈍重《どんじゅう》なのでそのまま距離を取って顔文字さん達が攻撃できるように逃げる。

再度冷凍包丁にモードチェンジして俺はブラッドフラワーのチャージをしながら逃げへと徹した。

別スキルを使った所為《せい》で隠蔽《いんぺい》状態が解除されたのでデビルズドラゴンが俺の方へと走ってくる。

「ホーリーボール!」

「ルビーファイア!」

で、俺の意図を察したのか顔文字さん達が魔法で注意を引こうとしている。

シュンシュンと手元のチャージ音が鳴り響き、キン! っとチャージが完了する音がする。

「よし! ブラッドフラワー!」

ズバァ! っと俺はデビルズドラゴン目掛けてブラッドフラワーを放って駆け抜ける。

派手なエフェクトが発生し……ガクッとデビルズドラゴンのHPを削りきる事に成功、

トドメに放ったお陰でデビルズドラゴンは解体素材となったのだった。

確かにかなり戦力差が出てるなぁ。

硝子と一緒に戦った時とは雲泥《うんでい》の差だ。これが成長って事なんだろうなぁ。

何より顔文字さんのバフも効果が高かったんだろう。

†

「島主、攻撃力高すぎじゃろ」

戦闘終了後、顔文字さんが驚愕《きょうがく》と呆《あき》れが混じった指摘をしてきた。

「最後に絆ちゃんと一緒に戦った時より目に見えて攻撃力高くなったわね」

てりすが俺の武器を見ながら呟《つぶや》く。

「前々から見てたけど、普通の武器……にしてはなんか違うのよねー。その宝石が付いてるの。何か新要素の武器付与をロミナちゃんがしたのかな？　って思ったけど違う気がするわ」

「そうじゃな。いくら何でもおかしすぎるのじゃ。いくらわらわがしばらく前線から距離を置いているといっても限度があるじゃろう」

「あー……」

そういやここに来てから俺のスキル構成とか細かい事を説明してなかったっけ。

島主で釣り構成、カニ籠漁《かごりょう》の元締めにして解体技能持ちって又聞きでみんな知ってるから深く聞かれなかったってのが大きいのかもしれない。

「この武器ね」

「武器チェンジの隙《すき》がほとんどなかったのう。どれだけ早くても抜き直す必要があるのに攻撃中に変化しておったぞ」

「一見すると絆ちゃん愛用の冷凍包丁だけどー……」

「ああ、説明忘れてた。俺が使ってる武器とスキルは狩猟具ってやつ。特殊武器で該当武器への交換を高速化して攻撃力とか色々と引き上げてくれるんだ」

全く説明してなかったもんなぁ。

ステータス補正の影響で戦闘に入ると高速化するのもこのスキルのお陰だった。

強化合宿中はそんな気にならなかったからなぁ。

精々釣りをしている時にフィッシングマスタリーと重複するってところで使ってたけど、意識しないと気付かない。

顔文字さん達が釣りを経験してないのが大きいだろう。

「全体放送で流れたユニークスキルじゃろそれ！　わらわも聞いておったぞ！　島主が取得者じゃったのか！」

「ちょっとーそういうのは先に言わないといけなくなーい？」

「ごめんごめん」

水晶湖生活で全く聞かれなかったので説明してないのに気付かなかった。

「取得者がいるなら聞きたかったのじゃが、ユニークスキル、どのように取得したのじゃ？」

「え？　新しくアップデートした時にスキルを確認してたら妙に輝いてて、早い者勝ちらしいから取った」

俺は狩猟具のスキルが出てきた時の状況を話した。

もちろん、取得条件も。

「わー……もの凄《すご》く面倒な実績も混じってるのね」

「しかも早い者勝ちじゃろ？　確かに先に取っておかねばならん代物じゃな」

お？　顔文字さんもてりすも理解が早い。

このあたりは前線組って感じかな。

「しかし随分と性能が高いようじゃな」

「スキルの性能が高いのは元より重複するって所が大きいんだと思う。そういやここに呼び出される前に試しで赤鉄熊を一撃で仕留めれたっけ」

「赤鉄熊ね。懐かしいわね硝子ちゃん達と一緒に戦ったアイツね」

「わらわは会っていない魔物じゃな。じゃが聞いた事はあるのう」

ああ、顔文字さんは未遭遇か。

「アレを一撃ってスキル使って？」

「ううん？　通常攻撃」

「どんだけよー絆ちゃん」

「まあ……大本の狩猟具が四天王素材で蒼海《そうかい》の狩猟具を装備してるからなー」

少なくとも現状で入手難度の高い素材で構築された代物だから強力なのも当然か。

先ほどのデビルズドラゴン戦の手応《てごた》え的にソロでごり押しすればすぐに削りきれる。

正直……強さを求めて戦う相手で考えるとプラド砂漠じゃ歯ごたえがないかも……。

硝子と一緒に色々と回ったお陰で底上げも出来てるし、ミカカゲの奥地を目指すかアップデートでどこか新しい所に行くのが正攻法だったんだと思う。

「何にしても島主、おぬし相当の猛者《もさ》じゃな」

「さすがね」

「釣りの合間に色々とやっていただけで、あんまり自覚ないんだけどなー……」

一応、カルミラ島の島主って事を考えると……確かにトッププレイヤーなんだよな。

「こんな隠し球まで取得してきたなんて知らなかったわー」

「そりゃあアプデした翌々日にプラド砂漠に来たわけだし」

狩猟具のスキルを取得してすぐに来たんだからわかるはずもない。

それだけこのスキルが強力って事だろう。

「強力とはいっても、プラド砂漠じゃ活躍の機会はなさそうだなー。参加できるイベントに制限も掛かるし、対人はマイナス99％補正掛かるらしいよ」

ダンジョンのボスがこれじゃ過剰火力でしかない。

作業的にダンジョン内の物資を探すには良さそうではあるけど……まあ俺向きなのかね。

「わらわに農業のコツを教えてくれて、ペックルを呼び出せる島主は十分な戦力じゃよ」

「このまま一気に開拓を進めちゃえばいいのよ」

「まあ、そうなるか」

「後でみんなに話して情報共有はすべきじゃな。もちろん外に出た際には口外しない事は誓ってじゃ」

「妙な因縁つけられかねないもんねー」

おお、そのあたりの理解も早くて顔文字さん達は良心的だなぁ。

妙な粘着行為とかされる可能性は確かにあるもんな。

俺の場合、釣りをしてるだけってみんなに思われてただけだったし、重要拠点のカルミラ島が使えなくなるって事で変なのも絡んでこなかったんだよな。

「島主にわらわ達は追いつけるのかのう」

「新スキル取得しただけだから、顔文字さん達もいずれは追いつけるでしょ」

「ユニークスキルの取得条件が複雑すぎると思うわ。他のユニークがどんな代物かよね」

「じゃな。何にしても色々と挑戦していかねばならんという事のようじゃ」

って事で話を終えて顔文字さんはボス討伐後の次の部屋へと行く。

このままエレベーターに乗って帰るんじゃないの？

「島主よ。ブレイブウサウニーはこっちの部屋の宝箱から出たんじゃ」

と……俺がカルミラ島で見たブレイブペックルを手に入れた部屋を顔文字さんは指さす。

「俺もそうだったなー」

「一般プレイヤーが行くとそこに報酬の宝箱があるのよね。開拓中だと違うのね」

「へー」

そんな事まで変化してるのか。

「そういえばアップデートでダンジョンの先に行けるようになったとかカルミラ島だとあったらしい。プラド砂漠は？」

「そこが気になったので調査じゃ」

ああ、ついでに顔文字さんも確認したかったんだね。

で、閉まっていた扉を顔文字さんが確認するとガチャッと扉が開いてしまった。

「行けるみたいだね」

「そのようじゃな」

「ランタンを確認するともう少し行けそうだけどどうする？　ノジャちゃん」

「島主が高火力のようじゃし、もう少し足早に行ってみるかの」

そんな頼りにされてもなー。

とは思いつつ行きがけのついでで俺も頷《うなず》く。

「了解、難しかったらすぐに撤退すれば良いよね」

「未知のエリアへ出発じゃな」

「らるくと奏ちゃんあたりが既に行ってそうよねー」

そんな元も子もない。

なんて話をしながら俺たちは更なる階層へと進んでいったのだった。


〈『ディメンションウェーブ 7』へつづく〉

この作品に対するご感想、ご意見をお寄せください。

●あて先●

〒101-0052 東京都千代田区神田小川町3-3
主婦の友インフォス　ヒーロー文庫編集部

「アネコユサギ先生」係
「植田 亮先生」係

ヒーロー文庫

ヒーロー文庫

ディメンションウェーブ 6

アネコユサギ

2022年10月10日　第1刷発行

発行者　前田起也

発行所　株式会社　主婦の友インフォス
〒101-0052 東京都千代田区神田小川町 3-3
電話／03-6273-7850（編集）

発売元　株式会社　主婦の友社
〒141-0021
東京都品川区上大崎 3-1-1 目黒セントラルスクエア
電話／03-5280-7551（販売）

印刷所　大日本印刷株式会社

ISBN 978-4-07-453256-8